Feuer in der Luft

D.K.J. Zankovitsch

D.K.J. Zankovitsch

Feuer in der Luft

Bibliografische Information der Deutschen Nationalbibliothek:
Die Deutsche Nationalbibliothek verzeichnet diese Publikation in der
Deutschen Nationalbibliografie; detaillierte bibliografische Daten sind im
Internet über http://dnb.dnb.de abrufbar.

© 2021 D.K.J. Zankovitsch

Herstellung und Verlag: BoD – Books on Demand, Norderstedt

ISBN: 978-3-7534-5751-2

Oxymoron, das

Zusammenstellung zweier sich widersprechender Begriffe in einem Kompositum oder in einer rhetorischen Figur[1]

Der Ausdruck *Oxymoron* (von griech. *oxys* = „scharf, spitz, scharfsinnig" und *moros* = „einfältig, dumm") bedeutet so viel wie „klugdumm" und bezeichnet Wendungen, die logisch betrachtet zunächst einmal widersprüchlich sind, bei näherer Betrachtung und in bestimmten Zusammenhängen aber durchaus einen (Hinter)sinn offenbaren. [2]

---

[1] Quelle: https://www.duden.de/rechtschreibung/Oxymoron (Zugriff: 08.02.2021)

[2] Quelle:
https://www.duden.de/sprachwissen/sprachratgeber/Oxymoron#:~:text=oxys%20%3D%20%E2%80%9Escharf%2C%20spitz%2C,einen%20(Hinter)sin n%20offenbaren. (Zugriff: 08.02.2021)

-Der Korridor war voll. Man fühlte sich wie in einer
Sardinendose: aneinandergepresst, in schrecklicher Enge,
erdrückender Hitze, stickiger, übelriechender Luft und
annähernder Dunkelheit. Man konnte kaum etwas sehen. Das
einzige Licht kam aus den auf der Wand befestigten
Neonröhren, die aber mit viel zu großem Abstand zueinander
angebracht waren. Luxus war hier jedenfalls keiner gegeben.
Aber was konnte man auch erwarten? Immerhin war es keine
Alltagssituation, sondern vielmehr ein Ausnahmezustand.
Froh sollten wir sein, dass wir überhaupt hier sein dürfen. Es
ist besser als draußen.
Stundenlang dauerte es, bis wir vorankamen. Es staute sich
gewaltig in der engen, schier endlosen Röhre. Nur alle paar
Stunden konnte man einen Schritt tun. Wo man hinsah, waren
die Menschen in Panik. Wie Fische in einem Netz, die
versuchen, diesem zu entfliehen, aber im Endeffekt doch keine
andere Wahl haben, als ihr Schicksal zu akzeptieren. Und das
sollte den Menschen in dieser Situation auch leichter fallen als
den meisten anderen. Immerhin waren sie am Leben und
durften sich hier in Sicherheit bringen. Das war genügend
anderen nicht gegönnt.
Ich jedenfalls war froh, hier sein zu dürfen. Dankbar war ich
der Regierung für die Chance, mich hier zu verschanzen. Dass
gerade ich das Glück hatte, noch rechtzeitig herzukommen.
Doch wer wusste, ob ich es überhaupt noch bis zur
Eingangspforte schaffen würde, bevor alle Schlafplätze belegt
wären, bei dieser schier unendlich langen Schlange im
Korridor. Das beunruhigte mich etwas. Meine Überzeugung
war jedenfalls, dass die Regierung hier ganze Arbeit geleistet
hat und es auf jeden Fall geschafft haben muss – selbst in

dieser kurzen Zeit – für uns brave Bürgerinnen und Bürger einen Unterschlupf bereitzustellen. Angetrieben von diesem Gedanken konnte ich die höllisch brennenden, roten Flecken, die den Großteil der Oberfläche meiner Haut bedeckten, weitestgehend ignorieren und hinnehmen. War ja nicht ihre Schuld. Ayman sah das ähnlich. Ich war wahnsinnig froh, dass ich hier nicht allein, sondern neben ihm stand. Ansonsten hätte ich der Zeit hier wohl kaum mit halbwegs angemessener Motivation entgegengeblickt. Alleine für ungewisse Zeit in einen Bunker gesperrt zu werden, das hätte ich nicht ertragen. Ich kannte ihn zu diesem Zeitpunkt bereits gute zehn Jahre. Wir hatten im selben Büro gearbeitet, uns also tagtäglich gesehen. In der Kantine hatten wir genügend Zeit, uns zu unterhalten und auch privat kennenzulernen. Er war vor langem von der Firma versetzt worden und zufällig im selben Büro wie ich gelandet. Unsere Sprache sprach er übrigens damals schon ausgezeichnet. Mit ihm angeregte Unterhaltungen zu führen, war eine Freude für alle Beteiligten. Nicht nur, weil man sich über kulturelle Besonderheiten austauschen konnte, sondern auch, weil er ein wirklich tüchtiger Kerl war, mit einer Brise trockenem Humor. Die Arbeit war zwar immer anstrengend, aber man machte es eben, man musste schließlich sein tägliches Brot verdienen. So ist das Leben, schätze ich. Mir war nie ganz klar, was sich diese ganzen Freiberufler ausmalen. Die könnten doch jederzeit bankrottgehen. Und wer ernährt dann die Familie, wenn ich fragen darf? Diese Unsicherheit muss einen doch krank machen, oder nicht? Für mich sind diese Menschen nicht ernst zu nehmen. Ayman sieht das genauso. Eine sichere Einnahmequelle ist das Fundamentalste, wonach ein Mann streben kann. Auch er war an jenem Tag mit seiner Frau hierhergekommen. Beide sind wir schon um drei Uhr morgens aufgestanden, um möglichst früh am Eingang des Bunkers zu sein. Ist doch sowieso wie jeden Tag vor der Arbeit, sagte Ayman. Und trotzdem standen wir nun vor dieser ewig langen Schlange. Frustrierend. Aber wie gesagt: Wir waren froh, überhaupt im Korridor stehen zu dürfen.

Dass es so kam, wie es kam, war eine schockierende Wendung in unser aller Schicksale. Montag war es gewesen – da kann nichts Gutes passieren, sagte Ayman. Als man vor die Tür ging, brannte einem augenblicklich jedes Glied des Körpers, die Haut wurde in wenigen Sekunden feuerrot. Natürlich fragte man sich, was da los sei. Sieht man ja nicht alle Tage. Doch als verantwortungsvoller Mitarbeiter gab es eben nur eine Lösung: Regenschirm aufspannen, Hut aufsetzen und schnell zur U-Bahn-Station. So etwas hält mich doch nicht von der Arbeit ab! Zumal ich doch sowieso in einem geschlossenen Raum arbeite. Den Chef scheint es auch nicht gestört zu haben. Zwar war er noch roter, als ihn sonst seine Wutanfälle werden ließen, aber das war auch schon alles an merkbarer Veränderung. Doch wenig später kam dann plötzlich die Eilmeldung: Internationaler Notstand! Die Ozonschicht sei abrupt maßgeblich beschädigt worden und der Prozess sei voranschreitend! Man sollte sich umgehend in die von der Regierung vorbereiteten Bunker begeben, deren Standort in wenigen Minuten bekanntgegeben werde. Denn bald würde man an der UV-Strahlung sterben, sollte man sich an der Erdoberfläche aufhalten. Am Dienstagmorgen, vor Sonnenaufgang, würden die Pforten der Verstecke geöffnet werden.

Das traf uns natürlich alle wie ein Schlag. Furchtbar so etwas. Die Arbeit beendeten wir aber trotzdem, denn immerhin müssten wir die Bunker ja auch irgendwann wieder verlassen – und da wäre der Chef sicherlich nicht erfreut, wenn die Arbeit nicht erledigt sein würde. Wir packten unser notwendigstes Eigentum zusammen, schnappten unsere Frauen und begaben uns zur angepriesenen unterirdischen Stadt.

Und endlich ging es nun weiter. Da war der Eingang, bewacht von einigen Offizieren, von denen uns einer ein Zimmer zuwies. Natürlich tauschten Ayman und ich unsere Zimmernummern aus, damit wir uns wiederfinden konnten. Dann gingen wir aber beide erstmals in unser neues Zuhause. Sonja war etwas deprimiert, als sie es sah, aber mir schien es eigentlich ganz angemessen. Es hat alles, was man zum Überleben braucht. Geräumig ist es zwar nicht, aber was erwartet man denn von einem Bunker? Wir sollten froh sein, dass die Regierung ihn uns überhaupt zur Verfügung stellt. Sonja ist manchmal etwas unzufrieden mit den Dingen und will, dass alles so ist, wie sie es sich in ihrem gefühlsgesteuerten Köpfchen vorstellt. Aber das Leben ist nun mal kein Wunschkonzert. Es ist, wie es ist. Man muss es so genießen, wie man kann. Nach einem gelungenen achtstündigen Arbeitstag mit dem Feierabendbier vor dem Fernseher zu sitzen, ist doch auch eine kleine Freude und die kann mir keiner nehmen! Weil sie den ganzen Tag mit dem Haushalt beschäftigt ist, bleibt eben keine Zeit für sie, ebenfalls arbeiten zu gehen. Darüber hinaus haben wir schließlich vor, ein Kind zu bekommen, und sich um dieses zu kümmern, wird ihr ohnehin zur Lebensaufgabe werden. Aber so ist das nun einmal! Ein erfolgreiches System, dass sich lange bewährt hat. Und erfolgreiche Systeme verändert man nicht!

Nachdem wir uns eingerichtet hatten, schien es mir eine Pflicht zu sein, meine Nachbarn kennenzulernen. Das gehört sich ja so, wenn man in ein neues Haus zieht. Ich hatte auch extra drei Flaschen Wein eingepackt, um sie den neuen Nachbarn zu schenken. Wer sagt, dass unsere gesellschaftlichen Werte verloren gehen müssen, nur weil wir statt oberhalb nun unterhalb der Erdoberfläche wohnen? Also ich jedenfalls nicht. Höflichkeit ist etwas Unverzichtbares, besonders in der heutigen Zeit. Wir müssen doch unserer Jugend ein Vorbild sein, wenn sie es schon selbst nicht lernen kann. Aber diese Generation ist meiner Meinung nach sowieso bereits verloren. Man braucht sie sich nur anzusehen, wie sie gefesselt sind von ihren Smartphones und Apps und diesem ganzen neumodischen Kram. Das sind doch keine Menschen mehr. Und mit Respekt brauche ich wohl gar nicht erst anfangen, das ist für sie ein Fremdwort, im Gegensatz zu den eigentlichen Fremdwörtern, mit denen sie wild um sich werfen. Ayman sieht das genauso.   Aber ich schweife ab. Ich ging also, selbstverständlich mit einem Lächeln im Gesicht, zu meinen neuen Nachbarn, um mich mit den Worten „Grüß Gott, ich bin Thomas Maier, ihr neuer Nachbar!" vorzustellen und ihnen eine Flasche Wein zu überreichen. Dem Nachbarn links von uns, dem Nachbarn rechts von uns und dem Nachbarn gegenüber. Sie schienen alle recht anständige Leute zu sein, außer dem Mann, der rechts neben uns wohnte. Günther Wappl heißt er, las ich auf dem Türschild. Ich konnte seine Fahne schon durch die verschlossene Wohnungstür

wahrnehmen und das, was ich dann sah, überraschte mich
nicht im Geringsten: ein Mann, Mitte 50, offensichtlich
sturzbesoffen und offensichtlich nicht zum ersten Mal. Lallend
nahm er meine Flasche entgegen und bedankte sich.
Wahrscheinlich soff er sie unmittelbar, nachdem ich die Tür
verschlossen hatte, bis auf den letzten Tropfen leer, so wie der
mir aussah. Ein offenes Hemd hatte er an, eine Unterhose und
Schlapfen. Wie das typische Bild eines Proleten wirkte er auf
mich. Mit solchen Säufern kann ich überhaupt nichts
anfangen. Keinerlei Niveau hatte der Mann. Es ist etwas
anderes, ob man einmal am Tag ein kühles Feierabendbier
trinkt, um sich dabei zu entspannen oder ob man bereits kurz
nach dem Aufstehen eine Flasche Williamsbirnenschnaps im
Magen hat. Ich denke, jeder würde mir da Recht geben!
Ayman jedenfalls, sieht das genauso.
Der Nachbar gegenüber von uns ist vom Beruf Pfarrer. Ein
sehr netter Mann, mit dem ich mich angeregt unterhalten
konnte. Ich schätze, dass er in den frühen Siebzigern ist. Sein
Leben lang war er Ortspfarrer gewesen und hatte nebenbei
noch Religion in der örtlichen Volkschule unterrichtet. Beim
Anblick meiner Weinflasche scherzte er noch, er könne sie als
Messwein hier unten gut gebrauchen. Ein echt anständiger
Kerl, dieser Herr Pfarrer!
Am meisten überraschte mich allerdings die Nachbarin von
links. Denn ich hatte wohl kaum erwartet, hier unten noch ein
bekanntes Gesicht zu treffen. Doch ich wurde eines Besseren
belehrt. Da stand sie vor mir: Beatrice Fischer, eine alte
Schulkollegin meiner Frau. Sonja und Beatrice waren meines
Wissens nach früher sehr gut befreundet, doch als Beatrice ihr
Studium im Ausland begann und Sonja eingewilligt hatte,

mich zu heiraten, brach der Kontakt mehr oder weniger ab. Wir hatten gar nicht gewusst, dass Beatrice wieder in der Stadt war. Sie lud uns direkt ein, den Abend in ihrer Wohnung zu verbringen und die Flasche Wein mit ihr gemeinsam zu leeren, was ich selbstverständlich dankend annahm. So sympathisch war mir die Gute mit ihren männerfeindlichen Kommentaren, die sie zumindest früher nicht selten losgelassen hatte, zwar nicht, aber mein Anstand brachte mir bei, dass man eine Einladung dankend anzunehmen hat. Ihr Cousin würde auch vorbeikommen, er wohne ebenfalls im Bunker. Gut, dachte ich mir, wenigstens nicht ganz allein mit ihr. Ich spielte auch mit dem Gedanken zu fragen, ob Ayman und seine Frau ebenfalls kommen dürften, doch ich entschied mich dagegen. Wenigstens ihm wollte ich diesen nervenaufreibenden Abend ersparen. Als ich Sonja Bescheid sagte, freute sie sich allerdings gewaltig. Konnte ich zwar nicht nachvollziehen, aber die Freude soll ihr gegönnt sein.

Die Zeit hier unten vergeht anders als oben. Man bekommt selten mit, wie spät es ist. Nur zur Versammlung, die um 18 Uhr einberufen wurde und zu der alle in der Gemeinschaftshalle erscheinen mussten, wusste man genau, wie spät es war. Es war überwältigend, wie viele Menschen in diese kleine, unterirdische Stadt und nun sogar in diese mickrige, unterirdische Halle gezwängt wurden. Kaum kehrte Stille ein, begann auch schon der selbst ernannte Vorsitzende zu sprechen. Das heißt, nicht wirklich selbst ernannt: Er war Regierungsmitglied, aber niemand hatte ihm gesagt, dass er auch der Vorsitzende sei. Es war er einfach der Fall, weil er als einziger in diesem Bunker ein Regierungsmitglied war. Das qualifizierte ihn selbstverständlich dazu.

Ich bin gezwungen, mich für meine Wortwahl zu entschuldigen. Der Mann, Gustav Kastner heißt er, leistete großartige Arbeit und hielt eine eloquente Rede.

Ich erfuhr sehr viel Interessantes. Ganze 10 000 Menschen hatten Platz in diesem Bunker. Die Rationen an Nahrungsmitteln sollten für diese Anzahl an Menschen für mindestens 25 Jahre reichen, was uns durchaus ein Gefühl von Sicherheit vermittelte. Er erklärte uns ebenfalls die Infrastruktur der Einrichtung. Es gab ein Hallenbad, einen Sportplatz, ein Theater, eine Bar, ja selbst eine Kegelbahn. Das war ja fast wie im Urlaub! All Inclusive umsonst, hätte Ayman gesagt. Die Essenszeiten wurden bekannt gegeben und der Weg zur sanitären Einrichtung erläutert. Das war eigentlich alles, was wir wissen mussten. Was dann folgte, war für mich nicht von großem Interesse. Irgendetwas von der Ursache der Katastrophe redete der Mann und dass die Regierung an einer Lösung arbeite. Mehr konnte ich aus dem schier endlosen Geschwafel dieses Politikers nicht herausfiltern. Es war ganz bestimmt auch nicht von Bedeutung. Was interessiert es mich, warum das alles passiert ist? Es ist nun mal so und ich kann mir dadurch einen sehr ausgiebigen Urlaub gönnen! Wie ich mich freue auf das entspannte Liegen am Pool, das Schwimmen und das Kegeln. Aber hier kriegt man zum Glück keinen Sonnenbrand, hätte Ayman gesagt.

Der gemeinsame Abend mit der Frau Nachbarin Fischer war, wie erwartet, eher unangenehm. Wie immer verlautbarte die Gute natürlich, dass sie es nicht gut finde, dass Sonja nicht arbeite. Nennen Sie mich altmodisch, aber so gehört sich das eben! Mir ist unbegreiflich, warum sie das nicht akzeptieren kann. Das Erschreckende daran ist aber eigentlich, dass Sonja ihr nicht widerspricht! Aber sie hat eben manchmal ihre komischen Stimmungen.

Noch eigenartiger als Beatrice selbst kam mir allerdings ihr Cousin vor. Der Junge war Student und hieß Caspar Templ. Seine Ansichten waren für mich sehr befremdlich. Der sprach da von Sachen wie Drogenlegalisierung, als wären sie das Vernünftigste auf der Welt. Ist der denn von allen guten Geistern verlassen? Wer so etwas tut, ist in meinen Augen ein verlorener Mensch und ein Krimineller. Daran sollte sich um Gottes willen nichts ändern. Soll der doch sein Feierabendbier trinken wie jeder vernünftige Mensch. Dann bräuchte er auch keine Drogen.

Doch das war längst nicht alles an diesem Caspar, das mich empörte. Neben seiner teilweise vorhandenen Zustimmung für Beatrices Argumentation, irritierte mich vor allem sein Misstrauen gegenüber der Regierung. Außerdem schien es ihn brennend zu interessieren, was der Auslöser für das Verschwinden der Ozonschicht gewesen war. Kastner verdrehe die Fakten, sagte er. Die Regierung verschleiere ihre Mitschuld, meinte er. Je länger ich ihm zuhörte, desto klarer wurde mir, dass der seinen Aluhut vermutlich nur zu Hause vergessen hatte, weil er auf Drogen war!

In unserer Wohnung sprach ich Sonja darauf an und schlug vor, Beatrice von nun an zu meiden. In solche Kreise möchte ich ganz sicher nicht geraten! Erstaunlicherweise hatte sie den Abend allerdings als bereichernd empfunden. Ist das denn zu fassen? Solche Worte aus dem Mund meiner Frau! Ich erklärte ihr meinen Standpunkt und sagte, dass Ayman das genau so gesehen hätte, aber sie beendete die Diskussion und legte sich schlafen. „Auch gut", dachte ich mir, „dann soll sie eben mit ihrer Beatrice die Zeit verbringen. Dann lege ich mich mit Ayman an den Pool und genieße meinen Urlaub!" Dann driftete ich zum ersten Mal in meinem neuen Bunkerzuhause in den Schlaf.

Als der Wecker läutete, war Sonja schon außer Haus. Ich schlussfolgerte, dass sie bei Beatrice sein musste. Ich nahm den Zettel heraus, auf dem ich mir Aymans Zimmernummer notiert hatte und machte mich augenblicklich auf den Weg. Ayman und ich beschlossen, uns nun erst einmal ein wenig am Pool zu entspannen und unseren wohlverdienten Urlaub zu genießen. „All-Inclusive vom Feinsten!", sagte Ayman. Beim Ausspannen kam mir die Idee, diese doch eher außergewöhnliche Situation in diesem Bericht zu protokollieren – für den Fall, dass der Chef genau wissen will, was wir so getrieben haben. Er kann schon ziemlich neugierig werden!
Wir verbrachten also unsere Zeit in der großzügig angelegten Freizeitanlage, sprich im Pool, am Golfplatz, im Theater und in der Bar. Faszinierend, welch großartige Arbeit die Regierung hier geleistet hat! Das ganze Bunkersystem wird mithilfe von Sonnenkollektoren mit Strom versorgt. Der Strom kann uns jetzt jedenfalls nicht ausgehen, sagte Ayman. Als hätte die Regierung gewusst, was uns erwarten würde. So vorausdenkend!
Abends hielt Herr Kastner jeden Tag eine kurze Ansprache, diese hörten wir uns aber immer seltener an. Immerhin war ja alles in Ordnung. Was interessieren mich die Hintergründe? Einfach genießen!
Einmal bekamen wir aber mit, dass das Misstrauen in den guten

Herrn Kastner anscheinend dramatisch anstieg. Verstehe ich überhaupt nicht. Seine rechte Hand – ein gewisser Banker – sowie sein Berater und er leisten hervorragende Arbeit. Und dann regen sich diese Anarchisten wiederum auf, solche Leute wie dieser Caspar Templ. Grund für das Misstrauen ist, dass anscheinend die Funkstation kaputt ist und so jeglicher Kontakt zur Außenwelt, beziehungsweise zur an einer Lösung arbeitenden Regierung, abgebrochen ist und wir nun mehr oder weniger auf uns allein gestellt sind. Aber was soll's! Werden wir schon hinkriegen!

So vergingen die Tage und wir machten es uns schön, während Sonja immer noch etwas wütend auf mich war und ihre Zeit lieber mit Beatrice verbrachte. In der Bar saßen wir besonders gerne. Die Leute dort sprießen nur so vor Verrücktheit, was durchaus unterhaltsam zu beobachten ist.

Zuallererst einmal fand man den guten Herrn Nachbarn Wappl natürlich die meiste Zeit in der Bar. Wenn der so weitermacht, sind unsere Vorräte an Getränken bald aufgebraucht! Er unterhält sich meistens mit einem gewissen „Hansl" über die ach so zerstörte Wirtschaft, die störende Inflation und ähnliches. Ich muss ihm trotz seiner Alkoholisierung in einigen Belangen zustimmen. Die Art, *wie* er redet, ist allerdings wahrlich unterste Schublade.

Dann sieht man manchmal noch zwei ältere Damen, die hitzig miteinander diskutieren. Die eine, Margit Kopf, fängt ständig an zu politisieren. Sie zieht jeden beliebigen Passanten mit hinein. Oft auch Wappl und Hansl. „Immer kritisch hinterfragen!", lautet ihre Devise.

Ihr gegenüber sieht man oft ein absolutes Gegenstück ihrer selbst, Sigrid Kraus. Sie dürfte ungefähr im gleichen Alter wie

Frau Kopf sein, in der Psyche sind die beiden jedoch sehr verschieden. Meistens ist Frau Kraus sehr panisch und ängstlich gegenüber allem, aber allem Anschein nach dann doch eine herzensgute Frau. Zum Diskutieren taugt sie aber eher weniger, da sich ihre Antworten meist auf Ausdrücke der Panik beschränken.

Das wäre dann ungefähr die Stammkundschaft, also außer Ayman und mir. Manchmal kommen noch Politiker vorbei, um die Stimme des Volkes zu hören. Durch Frau Kopf möchten sie dies allerdings immer seltener. Der Barkeeper wird von Herrn Wappl immer „Fred" genannt. Einen genaueren Namen haben auch wir nicht erfahren. Freundlich war er aber, wenn auch ein bisschen einfach.

Zwei Wochen war es nun her, dass wir in den Bunker gehen mussten, als etwas Unerwartetes passierte. Ayman und ich saßen wieder einmal in der Bar und lauschten den Gesprächen.

„Wie willst du das schaffen, Hansl? Wennst so ein Lokal betreibst, musst zuerst einmal Miete zahlen, Getränke kaufen… Sag mir, woher willst das Geld dann wieder reinkriegen!?"

„Furchtbar Wappl, recht hast! Gell Fred, wie willst das schaffen?"

„Die Wirtschaft ist echt ein Wahnsinn, Hansl!"

Auf der anderen Seite des Lokals:

„Na Sigrid, dieser Kastner weiß ja gar nicht, was er tut, dem fehlt die politische Erfahrung! Keinerlei Führungsqualität!"

„Ja, Margit, mir stehts bis da her!" – deutend auf die Stirn.

„Recht hast, aber da muss man als mündiger Bürger doch was dagegen machen!"

Da betrat ein neuer Gast, der sich später als Ludwig Weber

vorstellte, das Lokal.

„Sie bringen's auf den Punkt!", verlautbarte dieser. „Kastner hat keine Ahnung mehr, was er da überhaupt macht, geschweige denn, wie man eine Masse unter Kontrolle hält. Ich bin mir sicher, wenn sich da nicht bald etwas tut, läuft das auf eine Eskalation hinaus!"

„Ja, ja!", entgegnete Margit, „Sie verstehen mich halt! Machen Sie da was! Bitte!"

„Haben Sie schon gehört, was da vor sich geht? Vor der Tür stehen 10 000 Leute, die keinen anderen Bunker mehr erwischt haben! Die verbrennen förmlich bei lebendigem Leibe! Und wissen Sie, was der Kastner dagegen unternimmt? Sich mit seinem Banker beraten!"

„Na, sowas! Ich wusste ja, dass der Typ nicht handeln kann!" Da fiel Sigrid ihnen ins Wort: „Das ist doch eine Krise! Mir reichts! Die armen Leute!" Sie fasste sich an den Kopf und zog an ihren Haaren. „Ich halt's nicht mehr aus! Wir müssen ihnen helfen!" Dann sprang sie auf und ging.

„Na warte, Sigrid!", rief Frau Kopf und lief ihr hinterher. Weber folgte ihnen ebenfalls.

Da warteten also direkt vor unserer Tür unzählige Menschen, die nicht hineingelassen werden dürften, sonst aber sterben würden. Ich verstehe dennoch die Wut auf Kastner nicht. Bei solchen Angelegenheiten sollte man sich doch beraten, bevor man etwas Unüberlegtes tut!

Meine Sonja fehlte mir, also beschloss ich, mich bei ihr zu entschuldigen. Sie nahm meine Entschuldigung an – mit der Bedingung, dass wir noch heute mit Beatrice an den Pool gehen würden. Dem stimmte ich im Sinne des Friedens zu. Solange dieser Caspar nicht wieder dabei sei.

Der hatte aber angeblich sowieso genug zu tun. Beatrice erklärte es mir folgendermaßen: „Im Moment herrscht in großen Teilen des Bunkers Chaos wegen der nahenden Entscheidung über die Flüchtlinge vor unserer Tür. Caspars bester Freund, Christoph Raab, hat einen Aufstand angezettelt, weil er dagegen ist, dass diese Leute aufgenommen werden. Das würde seiner Meinung nach das Klima im Bunker zerstören, weil die Rationen knapper werden würden, genauso wie der Platz. Irgendwie verständlich. Aber wir können diese Menschen doch nicht einfach sterben lassen! Die Zimmer müssten doppelt besetzt und der Golfplatz in Schlafquartiere umgebaut werden!" Der Gedanke daran, meine Wohnung mit irgendwelchen Fremden teilen zu müssen, erschien mir sehr befremdlich. Da brachte Sonja allerdings einen Vorschlag ein, der mir das Blut in den Adern gefrieren ließ: „Dann solltest du zu uns kommen, Beatrice, so müssen wir nicht mit Fremden zusammenwohnen!" Nein! Einfach nein! Wenn wir unsere Wohnung mit jemandem teilen, dann doch wenigstens mit Ayman! Das machte mich fertig und das sagte ich Sonja auch. Ich will nicht mit Beatrice zusammenwohnen. Durchsetzen konnte ich mich allerdings nicht, wir zerstritten uns nur erneut. Ich traf mich mit Ayman und erzählte ihm alles. Er verstand meinen Einwand. Gegen Ende des Tages, als ich zu meiner Wohnung zurückging, lief die hysterisch schreiende Frau Kraus an mir vorbei. „Lass sie endlich rein! Lass sie endlich rein!", schrie sie. Den Beschluss von Kastner gab es tatsächlich etwas später. Alle 10 000 Flüchtlinge würden aufgenommen werden. Die Zimmer müssten geteilt werden. Adieu, Golfplatz! Schade darum. Aber verständliche Entscheidung. Frau Kraus stand natürlich in der ersten Reihe, als es um die Versorgung der Neuankömmlinge ging. Im Gegensatz zu Frau Kopf, die sich mit Herrn Weber über das kommende Chaos unterhielt. Im Gegensatz zu Templs Freund Christoph Raab, der öffentlich dazu aufforderte, die „Rothäutigen" zu vertreiben. Die Proteste und Demonstrationen wurden schnell gewalttätig. Am Podium ein Mann, der zerrüttet und hilflos erschien, obwohl er doch so zu Unrecht kritisiert wurde: Gustav Kastner. Das Volk ist unmöglich! Er braucht nur zu *versuchen*, eine Rede zu halten, und schon wird er von Protestgeschrei übertönt und mit Glasflaschen beworfen. Versucht der Banker, seinen Kollegen zu rechtfertigen, blüht ihm dasselbe Schicksal. Ein Wahnsinn!

Als ich nach Hause ging, erwartete mich jedoch der größte Schock. Sonja hatte meine Koffer gepackt, neben ihr stand Beatrice und grinste mich selbstgefällig an. „Geh du doch zu Ayman. Beatrice und ich wohnen jetzt hier!" Ich war derart getroffen, dass es mir die Sprache verschlug. Ein derartig fest geschnürter Knopf um meinem Hals, dass ich nicht einmal mehr schlucken konnte. Es war so ungerecht! Das sollte so nicht sein! Alles war gut, bevor diese dreiste Beatrice hier ankam und meinte, sie müsse sich in mein Leben einmischen. Doch zu streiten hätte in diesem Fall nichts gebracht. Wortlos nahm ich meinen Koffer und ging zu Ayman. Bei ihm war ich willkommen. Er verstand mich. Und beruhigte mich. „Lass sie ein bisschen verrückt sein, die beruhigt sich wieder!", sagte er.

In den darauffolgenden Tagen herrschte überall das reinste Chaos. Manche mussten ihre Wohnung nun mit verletzten Fremden teilen. Das ist doch auch eine massive Umstellung. Man kennt diese Leute nicht, aber nun muss man sie kennenlernen. Am Gang ist es seither viel voller. Voller noch, als am Tag, an dem wir angekommen sind. Ein Gedränge sondergleichen, man fühlt sich wie eine Ölsardine. Das Essen hat sich auch verändert. Die Portionen in der Kantine sind locker um ein Drittel kleiner geworden. Irgendwie kann ich nachvollziehen, dass die Unruhen immer größer werden. Aber was ich nicht verstehen kann, ist, wieso gerade Kastner dafür gehasst wird. Er musste tun, was er tun musste.

Es war ein Tag, wie sonst auch, als ich mit Ayman in die Bar ging, wie sonst auch. Ich stellte mich darauf ein, dem Wappl, dem Hansl, der Kopf und vielleicht auch der Kraus zu begegnen. Aber nicht gewappnet war ich für die Begegnung im stickigen Korridor: Caspar Templ. Er beachtete mich kaum, er sagte nur „Grüß Sie, Herr Maier!" und ging weiter. Hinter ihm lief ein Mann, Haare kurz, fast glatzig, mit einer so wütenden Miene, wie ich sie schon lange nicht gesehen hatte. „Wie der Chef!", sagte Ayman. „Caspar! Diese Menschen zerstören unsere Zukunft! Die Rothäutigen haben hier nichts verloren! Sie bringen uns um!", rief der Typ.

   „Nein! Nein, Christoph, tun sie nicht! Sie brauchen Hilfe!" Dann waren sie schon wieder außer Hörweite. Das muss er also gewesen sein, der ominöse Christoph Raab.

In der Bar unterhielt man sich wie üblich. Nur war dieser Weber wieder da. Er heckte wohl etwas aus. Frau Kopf war mit ihm wieder äußerst heftig am Diskutieren, als wir kamen. „Na diese Aufstände sind ja unerträglich! Die Masse braucht einen starken Anführer, der sie ein bisschen unter Kontrolle hält! Machen's doch endlich was, Herr Weber!"

„Glauben Sie mir, Frau Kopf, ich habe mir da schon etwas

überlegt. Wenn hier nicht bald jemand eingreift, ist das unser aller Tod!"

„Jesus! Sie haben ja Recht! Na wahr ist's!"

„Kastner wird dem Druck bald nachgeben! Er ist schwach! So schwach!"

Was er sagte, klang zwar bedrohlich. Doch der Mann schaffte es, das Ganze in so einem ruhigen Tonfall zu sagen, so bedacht und sicher, dass es gar nicht bedrohlich klang, sondern sogar, ja, versichernd.

Am Abend hielt Kastner wieder eine Ansprache. Doch kein Wort brachte er heraus, ohne dass er angeschrien, beschimpft, bedroht und beworfen wurde. Ganz vorne dabei natürlich dieser Christoph Raab. „Sie zerstören das Volk, Kastner! Sie bringen uns um!" Neben ihm einer, der wohl die gleiche Gesinnung hatte. „Scheiß Rothäutige! Raus!", schrie er und schlug gemeinsam mit Raab auf jeden in seiner unmittelbaren Umgebung, der verbrannt war, ein. Ein Mädchen, ein junger Mann, ein Alter mit Gehstock, der daraufhin zusammenbrach. Barbarisch! Barbarisch so etwas! Wie kann man nur so schrecklich getrieben von Gewalt sein? Ich verstehe das nicht! Wo kommt das her? Wer die Kontrolle über sich dermaßen verliert, der ist für mich kein Mensch mehr! Ja, so drastisch es auch klingen mag, so ist es. Das sind Tiere! Viecher! Getriebene! Ich persönlich sehe mich eher als Treiber, nicht als Getriebener. Ich treibe etwas voran, sei es die Wirtschaft, die Gesellschaft, die Firma, das System, sei es ich selbst. Ich kontrolliere mich und treibe mich so voran, durch die Arbeit.

Nun wird da gerungen, geschlagen und geweint. Die „Rothäutigen" schlagen selbstverständlich zurück. Da mischte sich plötzlich auch Templ ein. „Was fällt dir ein!?", schrie er seinen angeblich besten Freund an und nahm ihn in den Würgegriff. Dieser Hass. Dieser Hass in Templs Augen. Das ist unbeschreiblich. Ich schwöre, dieser Mann ist gefährlich. Sehr gefährlich.

Zwischen dem Gerangel hörte man auch noch die schrille, weinerliche Stimme von Sigrid Kraus: „Ich krieg' die Krise! Ihr macht's mich ganz krank!" Und was machte Kastner? Ihm verschlug's die Sprache. Kein Wunder, ehrlich gesagt. Dann verließ er lautlos das Rednerpult und die Bühne und ging geradewegs auf den schelmisch grinsenden Ludwig Weber am Rande der Menschenmenge zu. Ich war nicht weit entfernt, also hörte ich seine Worte halbwegs. Er sagte in etwa: „Wenn Ihr Angebot noch gilt, würde ich es gerne annehmen."

Weber nickte, betrat dann die Bühne und stellte sich lautlos vor das Mikrofon. Dann rief er: „Verehrte Mitbürgerinnen und Mitbürger! Einiges wird sich ändern müssen! Und ich, als Ihr neuer Vorsitzender, verspreche Ihnen, dass ich die nötigen Maßnahmen endlich ergreifen werde! Morgen halte ich eine Krisensitzung mit der Führung dieses Bunkers ab und werde dann abends die Resultate präsentieren!"

„Halt doch dein Maul! Bist auch nicht besser, als der andere!", schrie Raab dazwischen.

„Genau", sagte Weber, zögerte kurz und lächelte herablassend, „Genau für solche Menschen wie Sie werde ich morgen Konsequenzen durchsetzen!" Dann verließ er den Raum und ließ die tobende Masse zurück. Ich bin gemischter Gefühle gegenüber dieser Neuerung. Aber da die Regierung von Kastner dem wohl zugestimmt hat, bin ich guter Dinge. Ayman sieht das genauso.

Am nächsten Tag war es dann schließlich so weit. Die Regierung, die vorgestellt wurde, war im Prinzip noch die Gleiche wie vorher, glaube ich. Nur, dass Kastner die Bildfläche zur Gänze verlassen hatte, und an der Spitze nun Ludwig Weber stand. Die Aufstände bei Webers Rede waren anfangs ebenso heftig wie bei Kastner. „Ich bitte Sie um Ruhe!", rief er, „Wir haben beschlossen, einen neuen Weg einzuschlagen. Wir werden nun endlich Maßnahmen ergreifen, um unser Überleben für die nächsten Jahre im Bunker zu sichern. Ich bitte Sie: Geben Sie uns die Chance, Ihnen zu zeigen, dass wir es ernst meinen!" So ging es relativ lange weiter. Ich muss schon sagen, sehr eloquent, der Mann. Ich traue ihm zu, dass er meint, was er sagt. Er scheint auch die Aufständischen einigermaßen überzeugt zu haben. Sie waren in der Anzahl drastisch geschrumpft. Nur einige wenige waren übrig, solche Menschen wie dieser Raab. Doch in den darauffolgenden Tagen wurden auch diese immer ruhiger. Wie durch ein Wunder! Der Friede im Bunker war wieder eingekehrt. Ich weiß zwar nicht, wie er das geschafft hat, aber Weber macht seine Arbeit wirklich sehr gut.

Monate vergingen so ohne große Aufstände. Die rote Haut der Geflüchteten wurde langsam, aber sicher wieder weiß. Mir allerdings erging es nicht ganz so optimal. Meine Frau fehlt mir. Zwei, drei Mal trafen Ayman und ich Beatrice und Sonja in den Freizeitanlagen. Der Blick, mit dem sie mich ansah. So verachtend! Ich verstehe das nicht. Gerade war doch noch alles perfekt gewesen… und dann kam diese verdammte Beatrice. Ihr Blick ist noch verletzender als der von Sonja. Sie grinst mich immer an. So herablassend und selbstgefällig. Ich sage so etwas sehr selten, aber ich hasse sie. Ich hasse sie zutiefst. Zum Glück habe ich Ayman. Er ist wirklich wie ein Fels für mich. Mit dem Herrn Pfarrer unterhielt ich mich auch öfters darüber. Er meint, Gott würde das nur tun, um mich auf den besten Weg zu bringen. Der Gedanke ist sehr tröstlich. Zusammengefasst: Es war zwar nicht optimal, aber es war alles in Ordnung. Bis der Tag kam, an dem wieder etwas sehr Unerwartetes passierte.

Es war früh am Morgen, als plötzlich die Alarmglocken schrillten. Ayman und ich wurden geweckt und ich sah auf den Korridor. Da lief schon Frau Kraus entlang und schrie: „Leute! Das ist eine Krise!" Da kamen Weber und sein Berater im schnellen Schritt vorbei. „Was ist denn passiert, Herr Vorsitzender?", fragte ich. Er schwieg und ging in schnellem Schritt weiter. Dann kam Templ. Ihn fragte ich zwar nicht – warum auch – aber er antwortete trotzdem: „Ein Schwerverletzter liegt vor dem Tor!" Ich folgte den Leuten, um mir anzusehen, was da passiert war. „Helfen Sie mir!", hörte ich es keuchen. „Helf…" Dann trugen sie einen Mann auf einer Liege im Laufschritt vorbei. In Richtung Krankenstation. Ich sah ihn nur kurz, doch was ich sah, war grausig. Noch nie hatte ich so schwere Verbrennungen an einem lebendigen Wesen gesehen. Er war blutig, regelrecht verstümmelt. Man konnte kaum mehr sein Gesicht erkennen. Sprechen konnte er auch nicht mehr klar. Sein blutiger Leib war von einem verkohlten Anzug umgeben. Seine Augen feuerrot. Bevor sie sich schlossen. „Furchtbar! Furchtbar!", rief die vorbeilaufende Frau Kraus.

Im Anschluss gab es für die vielen verwirrten Bürger eine Ansprache von Herrn Weber. „Für alle Interessierten: Der

Mann, der vor unseren Toren gefunden worden ist, ist leider aufgrund seiner Verletzungen in einen komatösen Zustand verfallen. Es sieht schlecht um ihn aus. Alles, was wir wissen, ist, dass er wohl chinesischer Abstammung ist. Kein Name, keine Details. Die Ärzte kämpfen um sein Leben. Wir erhoffen uns, möglicherweise Informationen über die Außenwelt und ihre Veränderung in den vergangenen Monaten zu erhalten, wenn der Patient wieder seine Sprachfähigkeit erlangt. Über mögliche Fortschritte der Regierung bei der Suche nach einer Lösung für unser Problem. Aufgrund seiner Verletzungen – aufgrund der Schwere seiner Verletzungen müssen wir uns aber eingestehen, dass die Strahlenbelastung offenbar sogar noch gestiegen sein dürfte. Nichtsdestotrotz werden wir uns weiterhin für ein den Umständen entsprechend angenehmes Leben für Sie einsetzen. Vielen Dank." Dann ein Applaus. Nicht eine Gegenstimme. Sehr schön. So, wie es von Anfang an hätte sein sollen. Dass der Urlaub noch länger dauern würde, stört Ayman und mich gar nicht wirklich.

Die Zeit verging in rasendem Tempo. Man hatte sich an das Leben im Bunker bereits einigermaßen gewöhnt. Heute Abend hatte ich dieses Notizbuch im Kasten wiederentdeckt. Ein Jahr war es schon gewesen. Ein ganzes Jahr. Man hörte überall bereits zweifelnde Stimmen. Sogar Ayman sagte, langsam sollte die Regierung eine Lösung gefunden haben. Aber nichts. Keine Stimme von außen. Niemand. In die Bar gingen wir nach wie vor täglich. Nur, dass es nur mehr Wasser zu trinken gab. Ich erinnere mich noch an jenen Tag vor ungefähr zwei Monaten, als die letzte Flasche Wein den Hals des Günther Wappl hinunterfloss. „So Wappl! D's letzte Trankl is das!", hatte Fred gesagt.

„Danke Fred, schad'!", entgegnete jener und entleerte den Rebensaft. Daneben Hansl, der seinen Kommentar dazu abgab: „Wos isn jetzt mit deiner Wirtschaft, Fred? Die geht jetzt sicher nicht mehr!"

„Recht host Hansl!", rief Wappl. Doch recht hatte er nicht. Die Leute kamen immer noch täglich hin. Denn es war ja mehr als nur eine Bar. Es war ein Treffpunkt, ein Ort, an dem man zusammenkam. Nur Wappls Wesen veränderte sich massiv, denn der Entzug machte ihm wohl zu schaffen. Er wurde ruhiger und viel pessimistischer. Hansl ebenso. Die Einzige, die immer noch hoch motiviert sprach, war Margit Kopf. Der Herr Vorsitzende kam (gezwungenermaßen) auch oft und musste sich ihre elendslangen Reden anhören. Auch heute wieder. Wappl saß währenddessen nur in der Ecke und murmelte: „Alles verloren ... alles verloren ..."

Außerhalb der Bar ging es mir sehr schlecht. Ich vermisste meine Frau. Ich entschied mich, sie endlich aufzusuchen und mich mit ihr auszusprechen. Ich ging also zu unserer ehemaligen Wohnung, klopfte an und sah das erste Mal seit so langer Zeit ihr Gesicht wieder. Ich entschuldigte mich bei ihr und bat sie, wieder mit mir zusammenzuziehen. Doch sie lehnte es ab. „Nein, Thomas, das geht nicht." Ich fragte sie, warum. Doch sie wollte es mir nicht sagen. „Das geht nicht.", sagte sie einfach immer und immer wieder. Da trat mir Beatrice vor die Augen. „Was willst du hier? Hast du nicht gehört? Verschwinde!", schrie sie und schlug mir die Tür gegen das Gesicht.

Ich verstehe das alles nicht! Es ist unmöglich! Wir waren doch so glücklich gewesen! Frustrierend!

Ich ging zum freundlichen Herrn Pfarrer, um mit ihm darüber zu reden. „Gott wird dir helfen", sagte er. „Gottes Pläne sind oft unverständlich", sagte er. „Du musst den Fluss des Lebens einfach fließen lassen", sagte er. Er ist ja wirklich ein anständiger Mann und meint es sicher nur gut, aber das ist in meinen Augen Schwachsinn. Man kann es nicht einfach fließen lassen. Man muss es kontrollieren. Man muss arbeiten! Wenn man immer alles fließen lässt, wird man auch nie ordentlich Geld verdienen. Und ohne Geld ist das Leben nichts wert. Ayman sieht das genauso.

Als ich bei ihm in die Wohnung kam, erfuhr ich jedoch etwas Neues: „Hast du schon gehört? Der Verbrannte ist aufgewacht!" Das fand ich äußerst spannend. Ich machte mich gleich auf den Weg in die Krankenstation, um mich mit ihm zu unterhalten. Um zu hören, wie es in der Außenwelt aussah. Beziehungsweise ausgesehen hatte, als er zu uns kam. Ganz auf dem neuesten Stand ist er ja auch nicht mehr! Früher hätte es mich nicht interessiert, aber mit der Zeit sehne auch ich mich danach, diesen Bunker wieder zu verlassen, ja, sogar nach der Arbeit sehne ich mich.

Er war wieder bei vollem Bewusstsein, als ich ihn antraf. Allerdings bedeckten schreckliche Brandnarben seine gesamte Haut. Er sah direkt entstellt aus. Ich fragte ihn nach seinem Namen.

„Chang ... Chang Sun", sagte er mit seiner heiseren, von der Strahlung zerfressenen Stimme.

„Wie sieht es draußen aus?", fragte ich.

„Ganz schrecklich. Alles ist zerstört. Alles verwüstet. Die Welt ist eine einzige Wüste. Wir wissen nicht ..." Er hustete heftig.

„Nicht ... wie es weitergeht. Die Strahlung wird schlimmer und

schlimmer. Sie wollten mich nicht in die Bunker lassen."
„Warum nicht?"
„Das … das weiß ich nicht."
„Furchtbar, diese Getriebenen!" Ich zögerte und fragte: „Was arbeiten Sie?"
Er lachte heiser, so heiser, dass es fast nach Röcheln oder Hüsteln klang. „Ich hatte eine große Firma. War der CEO. Wir haben tolle, neue, energieeffiziente Kühlschränke hergestellt."
„Klingt annehmlich."
„Aber mir gehörten viele Firmen." Dann begann er sie aufzuzählen und ich hörte tatsächlich den Namen der Firma, in der ich selbst tätig war. Das sagte ich ihm. Er schmunzelte: „Dann bin ich sowas wie der Chef des Chefs Ihres Chefs."

„Ich freue mich, wenn wir endlich für Sie weiterarbeiten können."
„Weiter?" Wildes Gelächter. „Wir können nie weiterarbeiten. Die Welt ist am Untergehen. Wir sind verloren."
„Aber sagen Sie doch nicht so etwas!"
„Entschuldigen Sie, aber das war's! Ihre Firma ist verwüstet. Ihr Chef ist tot! Das System ist zerstört!"
Der Schock schoss mir bis ins Mark. Das war doch unfassbar! Nie mehr weiterarbeiten. Das glaube ich nicht. Das kann nicht wahr sein. Der macht nur Scherze. Da stand auch noch Templ plötzlich vor mir. Anscheinend wollte er ebenfalls mit ihm reden. Ich wollte ihm entrinnen, also verabschiedete ich mich von Herrn Sun und ging in die Wohnung zurück. Ich war enorm bedrückt. Nie mehr arbeiten. Was hat das Leben dann noch für einen Sinn? Was bin ich dann? Ich weiß es nicht. Ein Nichts, ein Niemand, ein Schmarotzer. Woher das Geld? Woher

das Leben? Wie soll denn alles weitergehen ohne Arbeit? Ich erzählte Ayman davon. Er sieht das genauso. Das bringt einem schon zum Nachdenken. Das Leben ist sinnlos ohne Arbeit. Man wird geboren, wird seine ganze Kindheit und Jugend auf die Arbeit vorbereitet, gibt dabei alles, um es zu Erlernen und dann arbeitet man, um danach seinen wohlverdienten Lebensfeierabend zu genießen, auf den man hinarbeitet. Aber ohne Arbeit. Was bin ich dann? Wer bin ich dann? Ein Niemand. Ein bedeutungsloser Niemand, der nichts tut, der kein Geld hat und sich wie ein Tier dem Schicksal fügt und in Teilnahmslosigkeit versinkt. Was soll nur aus mir werden? Und meine Frau will auch nichts mehr mit mir zu tun haben. Ich hatte alles, was ich mir je erträumt hatte. Alles, was der Traum eines jeden Menschen ist: ein Haus, einen sicheren Job, eine Ehe, bald auch ein Kind und einen guten Freund. Und was ist mir davon geblieben? Nichts, außer dem guten Freund. Oh, Ayman, bin ich froh, dass wenigstens du noch an meiner Seite bist! Ich weiß nicht, was ich sonst machen würde.

Um uns abzulenken, beschlossen wir, in die Bar zu gehen. Zu schade, dass ich mir kein Bier genehmigen konnte! Es hätte mir echt verdammt gutgetan. Ein süßer hopfiger Tropfen in meiner Kehle, der mein Leid zu vermindern vermag. Doch das Leben ist kein Wunschkonzert! Man muss das Leid manchmal hinnehmen, wie es ist. Wenn alles um einem herum zusammenbricht, ist es nicht möglich, nicht in Leid zu versinken. Ich dachte, die Beobachtung von Fremden in der Bar würde helfen. Fred, der Barmann, wischte ohne Laut geleerte Gläser ab. Es war kaum jemand da. Nicht einmal Wappl und Hansl. Komisch. Ich fragte den Barmann, was los sei. Er sagte,

Wappl hätte einen Zusammenbruch gehabt und lege in der Krankenstation. Kein Wunder, bei dem vielen Alkohol, den er früher zu sich genommen hatte. Vermutlich ein Leberschaden, sagte Ayman. Alles scheint sich zum Negativen zu verändern. Ich hasse es. Zwei Gäste saßen jedoch da: Der Herr Vorsitzende und die Frau Kopf. Ersterer lächelte so verschwiegen. Er hatte ein Geheimnis, das sah man ihm an. Er sagte auch kaum ein Wort, als Frau Kopf ihn mit Fragen über den Verbrannten torpedierte. Verdächtig. Aber er wird schon wissen, was er tut. Immerhin ist er der Vorsitzende.

Plötzlich kam eine weitere Person in die Bar. Es war dieser Templ. Er setzte sich zu einem Mädchen, das ich nicht kannte. Wahrscheinlich eine seiner ach so klugen Studienkolleginnen, mit denen er sich täglich sein LSD spritzt! Oder was auch sonst immer. Verkommene Junkies sind das! Das ist hart, aber wahr. Templ begann sich aufzuregen, wahrscheinlich durch seine Drogen aufgestachelt. Er hatte schon wieder einen Aluhut auf und behauptete, dass der Herr Sun so ein widerwärtiger Mensch sei und dass wir ihn rauswerfen sollten. Da hat ihn wohl sein extremistischer, glatziger Freund mit seinen irrsinnigen Ideen angesteckt! Diese extremistische Freundin von ihm stimmte dem Ganzen auch noch zu!

„Cool&Green ist der Name der Firma! Ich bin mir absolut sicher!", rief sie.

Caspar antwortete: „Genau das hat er gesagt!"

Jämmerlich, ich weiß zwar nicht, was da vorging, aber im Namen des anständigen Herrn Sun muss ich dazu sagen: Jämmerlich. Weber warf den beiden dann einen Todesblick zu, was ich verstehe, wenn die da völlig im Delirium der Drogen am Herumfantasieren sind. Daraufhin sah Frau Kopf ihn an und sagte nur: „Na Jesus! Na kann das denn sein?" Weber verzog die Miene, schüttelte den Kopf und lud sie ein, die Bar zu verlassen. Das hatten wir auch vor, denn dieser hysterischen, sinnlosen Schreierei zu lauschen, reizte uns eher weniger. Wir gingen in die Wohnung und verbrachten dort einen ruhigen Abend. Ich schrieb das hier nieder.

Was am nächsten Tag passierte, war allerdings von noch größerer Skurrilität. Am Morgen durfte der noch geschwächte Sun Chang die Klinik verlassen. Ich traf ihn am Gang und fragte, wie es dem Herrn geht. „Den Umständen entsprechend…", sagte er und zog von dannen. Nun ja, was soll ich sagen, es war wohl meine letzte Begegnung mit ihm. Gegen Mittag fand man ihn tot im Korridor liegen. Erschlagen hatten sie ihn. So etwas ist schrecklich. Der arme Mann hatte sich nichts zuschulden kommen lassen. Er war dem Tod gerade noch entronnen, aus dem Koma erwacht und dann doch getötet worden. Wer tut so etwas nur? Wer ist so getrieben und verrückt? Da kann es nur einen geben: Diesen elendigen Templ! Gestern schon hatte er seine Verschwörungstheorien in den Raum gerufen und sich darüber aufgeregt, dass Chang angeblich so ein schlimmer Mensch sei. Dieser Hass in seinen Augen, als er damals seinen ach so guten Freund Christoph Raab in den Würgegriff genommen hatte. Diese Drogensucht! Man muss nur eins und eins zusammenzählen, um zu begreifen, wer der Mörder von Sun Chang ist. Ayman sieht das genauso. Dieser Typ gehört hinter Gitter! Oder besser noch: Vor die Tür! Wer solche grausigen Taten verübt, hat es verdient, zu verbrennen! Weber hielt abends seine Rede bezüglich der Untat und gab bekannt, dass der Mörder gefasst und eingesperrt worden war. Dann forderte er eine Schweigeminute zu Suns Ehren. Diese wurde jedoch von lauten Hassparolen unterbrochen. „Lügner! Er läuft frei herum!", schrie der glatzige Templ-Freund. Dass er einen guten Freund so verrät! Aber recht geschieht's dem geistig verweichlichten Junkie! Templ stand einfach so da und sah den Vorsitzenden mit einem verhassten Blick an. Der Mann ist gefährlich, ich wusste es von Anfang an und ich weiß es noch! Man muss Maßnahmen ergreifen! Sonst wird der arme Herr Vorsitzende sein nächstes Opfer! Wen auch immer er eingesperrt hat, es war der Falsche! Die Aufstände intensivierten sich, es kam sogar zu einer erneuten Schlägerei. Ein paar Alteingesessene behaupteten wieder, es könne nur ein Rothäutiger so gewalttätig gewesen sein. Andere riefen, es sei gut, dass dieser rothäutige Chang ermordet wurde. „Das ist eine Krise!", tönte es aus dem heiseren Hals der heulenden Frau Kraus. Ayman und ich verzogen uns in die Wohnung. Das muss ich mir echt nicht mit ansehen. Nachtrag: Die Aufstände waren drei Tage später Gott sei Dank wie von Geisterhand verschwunden. Ich weiß nicht, wie Herr Weber das schafft, aber es ist grandios. Das Einzige, das mich stört, ist, dass der Mörder noch frei herumläuft. Aber den kriegt er schon noch.

Der letzte Tag war ein sehr schlimmer Tag. Ich schreibe das hier nur, um es festzuhalten. Auch wenn niemand es je lesen sollte. Ich ging mit Ayman in die Bar. Es sollte so sein wie immer. Der Wappl hatte sich von seinem Zusammenbruch erholt und seitdem die Aufstände vorbei waren, ging man auch wieder etwas öfter in die Bar. Sein Wesen war zwar immer noch das eines lebensmüden Mistkäfers, aber davon abgesehen war es ganz unterhaltsam. Der Vorsitzende war ausnahmsweise nicht da, Frau Kopf unterhielt sich stattdessen mit Frau Kraus. Unterhaltsam wie eh und je. Dialoge über politische Krisen. Ergänzte sich von beiden Seiten. Mir ging es nicht besonders gut. Mein Leben ging schließlich den Bach hinunter. Ich realisierte, dass meine ganze Existenz keinen Sinn hatte. Nichts hatte einen Sinn. Ohne unserem System schwebe ich in einem großen, pechschwarzen, von Stürmen und Hagel gepeitschten Ozean der Unsinnigkeit. Und das fühlt sich grausam an. Ayman geht es ähnlich. Da sah ich plötzlich meine Frau vor der Tür. Ich hatte sie so lange nicht gesehen und war regelrecht in einem Schockzustand. Sie sah aber nicht aus, als würde sie mich vermissen. Nein, im Gegenteil, sie wirkte glücklich – fast schon erleichtert. Da sah ich, wer neben ihr ging und mir gefror das Blut in den Adern: Caspar Templ. Neben ihr ging der verdammte, elendige, drogensüchtige, hasserfüllte, Aluhut tragende Hund namens Caspar Templ. Das konnte doch nicht wahr sein. Da sagte er noch etwas, das meine ohnehin schon wie Lava hochkochende Wut noch weiter ins Unermessliche steigen ließ: „Willkommen in der Familie!" Dann umarmte sie ihn. Meine Frau umarmte diesen dreckigen Köter! Und wer weiß, was sie noch mit ihm machte! In ihrer Wohnung, die einst meine Wohnung gewesen ist, während diese teuflische Beatrice darüber lacht und sich meines Elends erfreut! Ausgerechnet mit diesem Menschen unterster Klasse, ja, unterster Klasse, muss sie sich abgeben! Auf diesen Mistkerl muss sie sich einlassen! Das ist doch nicht einmal ein Mann, diese Gestalt! Das ist ein Zustand! Bestenfalls ein Zustand! Was wenn sie sich mit ihm die diversesten Drogen ins Hirn ballert? Was wenn er sie mit seiner respektlosen Art ansteckt? Wenn sie seine irrwitzigen

Theorien auch noch glaubt? Was wenn er sie am Ende noch erschlägt, wie diesen armen Chang? Meine Frau, das ist meine Frau! Die mit diesem Häufchen Elend, das es wagt, sich einen Menschen zu nennen, zusammen ist! Ich hätte ihr das niemals zugetraut! Niemals! In diesem Augenblick konnte ich mich nicht bewegen. Ich konnte keinen Finger rühren. So machtlos war ich. So machtlos war ich, irgendetwas dagegen auszurichten. Caspar Templ hat mir meine Frau gestohlen! Ein Mann, der nichts hat. Nichts. Keine Arbeit, kein Geld, keine Disziplin. Was in aller Welt könnte sie nur jemals an so jemandem finden? Ayman legte seine Hand auf meine Schulter. Das gab meinem eiskalten Körper, meinem gefroren Blut, meinem versteinerten Herzen ein kleines bisschen Wärme. Wie konnte sie nur? Nein. Wie konnte er nur? Er war es doch, der an allem schuld war! Ich hasse ihn. Ich hasse ihn mehr, als ich es sagen kann.

Ich konnte mich die letzten Tage kaum fassen. Ayman versuchte, mich mit seinen Witzen aufzuheitern, doch das funktionierte nicht. Diesmal nicht. Er hat doch keine Ahnung, was für ein Gefühl der Erniedrigung das ist. Wie sehr mich das provoziert. Wie sehr es meine Seele wie aggressive, bösartige Maden zerfrisst. Nur zur Essenszeit wagte ich mich noch hinaus, doch auch das eher selten. Ich hatte keinen Hunger. Wozu denn auch essen? Um mein elendiges Dasein noch zu verlängern? Einmal überzeugte mich Ayman, doch in den Speisesaal mitzukommen, doch da machte ich eine Begegnung, die meinen Puls auf ein Vielfaches beschleunigte. Dieses elendige Nichts, das es wagt, sich als Mann zu bezeichnen, lief mir über den Weg. Und da reichte es mir. Ich konnte mich nicht

mehr fassen. Ich lief auf ihn zu und packte ihn beim Kragen.
„Wie konntest du nur?", schrie ich ihn an, „Was fällt dir ein, mir die Frau auszuspannen, du hässlicher, drogensüchtiger Vollidiot?!"
Er sah mich verängstigt und verwirrt an und meinte: „Was reden Sie da für einen Schwachsinn, Herr Maier?"
„Was ich für einen Schwachsinn rede? Du bist doch der, der andauernd Schwachsinn redet!"
„Hören Sie zu, Sie Wahnsinniger!"
„Wahnsinniger? *Du* bezeichnest *mich* als Wahnsinnigen?!"
„Na wer reißt mir denn hier halb den Kopf ab?"
Ich nahm meine Hände von seinem Hals.
„Na geht doch!"
Ich warf ihm einen Blick zu, der ihn getötet hätte, wäre er dazu fähig gewesen.
„Also", fuhr er fort, „Ich bin nicht mit Ihrer Frau zusammen, keine Ahnung, wie sie auf diesen Irrsinn kommen! Darüber hinaus steht Ihre Frau weder auf mich, noch auf Sie, noch auf irgendeinen anderen Mann!"
„Was meinst du damit?"
Er sah mich an und grinste: „Jetzt denken Sie mal ganz scharf nach!"
Er ging weiter und ich rief: „Bleib stehen!"
„Ich habe jetzt wirklich größere Probleme!", murmelte er, während er dahinschritt.
Da wurde mir klar, was er gemeint hatte. Konnte das denn wirklich sein? Beatrice und meine Frau. Das ging doch nicht. Wie? Aber es wäre die einzige logische Erklärung. Deshalb war sie Teil von Templs Familie geworden. Aber warum nur? Wie kann das sein? Meine Frau – lesbisch! Seit Jahren war sie immer

zufrieden mit mir gewesen! Und jetzt taucht diese Beatrice auf und zerstört... alles. Wie kann sie ihr nur so den Kopf verdreht haben? Bestimmt hat sie Sonja unter Drogen gesetzt! Oder einfach nur manipuliert! Ich weiß nicht, was das soll. Aber ich habe keine Kraft mehr zu kämpfen. Ich gebe auf. Meine Frau, meine Würde, mein Leben. Ich wollte zum Pfarrer, um mit ihm darüber zu reden. Doch als ich vor seiner Wohnungstür stand, sah ich ein paar Sanitäter mit einer Bahre. Ich fragte sofort, was los sei. Er war tot. Herzversagen!

Ich dachte, es könne nicht mehr schlimmer werden, doch ich habe mich getäuscht. Alles ist hin! Alles! Am Abend jenes schicksalhaften Tages stieg Caspar Templ auf das Podium, um eine Rede zu halten. Er sagte, man hätte uns alle betrogen. Irgendwas von diktatorischer Herrschaft. Unterdrückung. Alle begannen sich aufzuregen. Ein neuer Aufstand. Irgendetwas scheint er aufgedeckt zu haben. Ich passte bei der Rede nicht auf, ich war zu bedrückt. Weber ging mit einer Miene wie bei einer Beerdigung auf die Bühne und wollte sich rechtfertigen. Doch er wurde von Aufständischen von der Bühne geprügelt. Da trat der ehemalige Vorsitzende Kastner auf die Bühne, doch auch er wurde davongejagt. Es artete aus in eine Schlägerei eines neuen, noch nie dagewesenen Ausmaßes. Die Menschen waren nicht zu kontrollieren. Ich versuchte, in Richtung des Wohntraktes zu flüchten und nahm Ayman an der Hand, der jedoch zögerte, weil seine Frau noch irgendwo hier draußen war. Um uns herum überall blutende Menschen. Eine davon Frau Kraus, die ein letztes Mal „Mir reichts!" rief und dann schnurstracks zur Pforte, die in die Oberwelt führte, lief, sie öffnete und sich hinausstürzte, wo sie elendig verbrennend zugrunde ging. Man sah ihren Tod nicht, denn die Tür wurde schnell von ein paar Passanten geschlossen. Ich hatte keine Zeit zu trauern oder mich zu ärgern, die Angst war größer als alles andere. Ich wollte nur weg hier. Nur schnell mit Ayman weg hier. Doch er riss sich plötzlich von meiner Hand los, um einem Mädchen zu helfen, das blutüberströmt am Boden lag, während einer dieser Barbaren auf sie eintrat. Ich wollte das nicht. Ich wollte nur weg hier. Vergiss doch die anderen. Schau auf dich selber, Ayman! Er sagte zu mir: „Alles ist jetzt anders, Thomas! Wir können uns nicht verhalten, als wäre alles normal!" Er zog den Wütenden von seinem Opfer fort und half der Armen auf die Beine, sodass sie flüchten konnte. Da holte dieses elendige Schwein aus und schlug Ayman in den Bauchraum. Ich sah es wie in Zeitlupe. Ich hatte ein derartiges Gefühl der Verzweiflung, wie ich es noch nie zuvor erlebt hatte. Der pure Horror passierte vor meinen Augen; diese Getriebenen zerstörten die inneren Organe meines besten Freundes und ich war machtlos, vollkommen machtlos, es zu verhindern. Als er am Boden lag, trat dieses Vieh meinem Ayman ins Gesicht. Er verzog jenes blutige Antlitz vor Schmerzen und kauerte sich in eine Deckhaltung. Ich ließ einen Schrei los. Was konnte ich tun? Ich wollte hinlaufen und ihm helfen. Doch ich konnte nicht. Ich war wie gelähmt. Das ist das schlimmste Gefühl, das ein Mensch haben kann. Einmal trat er noch zu, diesmal auf Aymans Genick. Sein Genick, das dieses Wunder von Leben beinhaltet hatte, dieses Wunder, das seinen ganzen Körper lebendig machte. Alles hatte funktioniert, in einem perfekten System. Jedes Organ hatte seine eigene Aufgabe, die es mit Bravour erfüllte. Der Kopf steuerte alles. Doch nun war der Kopf von allem getrennt. Nichts funktionierte mehr. Seine

Augen standen weit offen, sowie sein Mund. Sein System war zerstört. Wie konnten sie nur? Wie konnten sie nur? Diese Schweine! Wie konnten sie nur? Und sie traten weiter auf ihn ein. Obwohl er leblos war. Ich konnte das nicht mehr mitansehen. Ich lief in meine Wohnung. Alles wurde mir genommen. Alles! Was war nur falsch mit den Menschen?! Diese Menschen! Diese elendigen! Mein bester Freund, einfach erschlagen! Weil er helfen wollte! Einfach nur helfen! Es war soweit! Ich war nichts mehr! Rein gar nichts! Da erfasste mich die Wut! Eine noch nie dagewesene Wut! Sie haben mir das angetan! Sie alle! Alle haben sie mich zerstört! Und nun haben sie es geschafft! Das haben sie jetzt davon! Sind sie jetzt zufrieden?! Sind sie es? Dieser Ludwig Weber, dieser Caspar Templ. Die spielen mit meinem Leben! Nichts habe ich ihnen getan! Doch sie haben mich zerstört! Nicht nur sie! Alle! Alle haben mein System zerstört! Nun bin ich soweit! In Gesetz- und Systemlosigkeit! Es ist doch nun alles anders, warum sollte ich mich normal verhalten? Ich habe nichts mehr, was mich hält, nichts was mir Halt gibt! War es das, was sie wollten? Und meine Frau! Meine geliebte Frau! Beatrice! Ha! Beatrice! Sie alle haben mich zerstört! Die glauben, sie können mich einfach so zerstören! Doch mir reicht's! Was habe ich noch zu verlieren? Jetzt ist es auch egal! Sollen sie bezahlen, für alles, was sie getan haben! Einmal noch gehe ich zu ihnen! Einmal noch! Ein allerletztes Mal! -

Das war der letzte Satz, der in diesem Notizheft stand. Ludwig schüttelte den Kopf und blätterte die restlichen Seiten durch. Sie bestanden nur aus schneeweißem, unbeschriebenem Papier. Er legte es beiseite und nahm sich einen Moment, um darüber nachzudenken, was er da gerade gelesen hatte, während er im Ohrensessel sitzend das Mobiliar, das ungemachte Bett und die schlichten, grauen Wände betrachtete. Plötzlich ging die Tür mit einem die friedfertig anmutende Stille wie eine Glasscheibe zerschmetternden Knall auf und ein zweiter Schutzsuchender betrat die Wohnung und schloss die Tür hinter sich ab – etwas, das Ludwig offensichtlich verabsäumt hatte. Möglichst schnell war er bloß in die erstbeste Wohnung gelaufen, um den Tumulten zu entrinnen. Er blutete auf der Lippe und war vermutlich von blauen Flecken übersät, gerade noch konnte er den Prüglern entfliehen. Umso größer war das Staunen, als er seinem Gleichgesinnten ins Gesicht sah. Und auch umgekehrt. Mit jedem hätte er sein Refugium geteilt, aber ausgerechnet er musste es sein? Da stand Caspar Templ mit einem blauen Auge, einem den Blutstrom stoppenden Taschentuch im linken Nasenloch und einer Schonhaltung des rechten Fußes. Lachend über jene Ironie des Schicksals sagte Ludwig:

„Ausgerechnet Sie! Ausgerechnet Sie kommen auf genau denselben Einfall wie ich."

Caspar sah ihn an: „Ich wusste nicht, dass Sie hier sind! Sonst hätte ich mich lieber draußen verprügeln lassen!"

Schmunzelnd sagte Weber: „Die Tür lässt sich jederzeit wieder öffnen!"

Ein fünf Sekunden langes peinliches Schweigen erfüllte den Raum.

„Also?", brach Ludwig das Eis.

„Wieso haben Sie das getan, Weber?“, fiel ihm Caspar ins Wort, „Sie haben unsere Zukunft zerstört!“

„Ich?“, rief jener Angegriffene, „Das waren dann aber schon eher Sie! Sie haben sich doch entschieden, die ganze Sache publik zu machen! Sie sehen ja, wohin das geführt hat! Und da besitzen Sie allen Ernstes die Frechheit, mich dafür verantwortlich zu machen!?“

„Sie *waren* es doch, der sein Volk zuallererst einmal verraten hat! Sie haben uns mit unfairen Mitteln unterdrückt! Ich habe diesen unterdrückten Seelen nur gezeigt, welches Schindluder mit ihnen getrieben wird!“

„Ich habe lediglich versucht, das Volk zu beschützen! Ihnen ein friedvolles Überleben zu garantieren! Sie jedoch haben es aufgehetzt!“

„Sie sind doch ein Wahnsinn!“

„Nein, Sie sind ein Wahnsinn, Herr Templ!“

Beide warteten einen Moment lang und sagten dann wie im Chor: „Nun?“

Caspar fuhr fort: „Ich denke, keiner von uns möchte wieder nach draußen gehen und sich totschlagen lassen. Wir müssen die Zeit wohl oder übel gemeinsam hier verbringen.“

„Müssen wir …“, schmollte Ludwig.

„Was haben Sie da?“, fragte Caspar, auf die Notizen von Thomas Maier zeigend.

„Einen Bericht“, erklärte Weber, „geschrieben von Thomas Maier, dem Bewohner dieses Zimmers.“

„Oh!“, erkannte Templ, „Ich bin ihm schon ein, zwei Mal begegnet.“

„Schlimme Geschichte“, stellte Ludwig fest.

„Ich schlage vor“, meinte Caspar, „Wenn wir schon hier

abwarten müssen, können wir uns doch gleich in die Perspektive des jeweils anderen einweihen. Vielleicht gestehen Sie sich dann Ihren Fehler ein!"

„Hm", meinte Ludwig und grinste nachdenklich. „Ich halte das für eine gute Idee. Beginnen Sie doch, ich bitte Sie!"

„In Ordnung!", meinte Caspar, sammelte kurz seine Gedanken, setzte sich auf die Ecke des Bettes und begann:

-Ich schätze, wir sollten an jenem Tag beginnen, an dem wir diesen Bunker betreten mussten. Ich kann mich noch genau erinnern, wie es war. Es ist so elendslange her und kommt mir doch vor, als wäre es gestern gewesen. Es war ein Montag. Ich stand morgens auf – es muss gegen neun Uhr gewesen sein – und aß erst einmal Frühstück. Ich wollte danach zu einer Vorlesung gehen. Wissen Sie, allzu oft besuchte ich die Vorlesungen nicht. Wozu auch? Ich konnte mir einfach das Skriptum durchlesen und war genauso gut informiert, als hätte ich irgendeinem alten Professor zugehört, der sowieso nicht mehr auf dem neuesten Stand der Dinge war. Außerdem konnte ich mir so die Zeit besser einteilen. Es ist eben nicht notwendig, sich allem zu fügen, nur weil das ein Vorgesetzter oder ein System verlangt. Aber das sehen Sie ja bestimmt anders!-

„Hm." Ein abschätziges Lächeln fuhr Ludwig über das Gesicht. „Fahren Sie doch bitte erst einmal fort!" Nach kurzem Zögern holte Caspar tief Luft und setzte an, wo er aufgehört hatte.

-Wie auch immer – an jenem Tag hatte ich mich entschieden, doch einmal eine Vorlesung zu besuchen. Konnte ja nicht schaden, ab und zu einen Blick in die Uni zu werfen. In dieser

Zeit wohnte ich bei meiner Cousine, Beatrice. Mein Vermieter hatte mich vier Monate davor hinausgeworfen; er war der Überzeugung, dass ich meine Rechnungen nicht bezahlen konnte, weil ich es vielleicht ein, zweimal vergessen hatte. Es gibt meiner Meinung nach eben wichtigere Dinge im Leben, als Rechnungen zu bezahlen. Aber der alte Kapitalist verstand es natürlich sofort als persönlichen Angriff, dass seine Geliebte namens Bankomatkarte mir nicht so sehr zusagte wie ihm selbst. Also entschied er kurzerhand, meinen Vertrag zu kündigen. Außerdem hatten sie einen sehr guten Freund von mir, der auch öfters bei mir zu Besuch war, verhaftet, was mich für den lieben Herrn Vermieter gleich zu einem Kriminellen machte. Ich finde bis heute, dass das eine Frechheit ist, ich meine, ich habe rein gar nichts getan. Und auch mein guter Freund hatte nichts weiter getan, als sich ein, zwei, vielleicht drei kleine Zimmerpflanzen für den Eigenbedarf zuzulegen. Und wegen so einer unnötigen, ungefährlichen Kleinigkeit haben sie ihn hinter Gitter gesteckt. Ich meine, es ist ja nicht so, als hätte er damit übertrieben. Er hat sich eben, ein, zwei selbst gedrehte Zigaretten angezündet, während sich andere literweise Bier in den Magen pumpen. Was ich durchaus verstehen kann. Ich meine, was gibt dieser Alkoholrausch her? Dumm herumlallen und sich seiner Primitivität erfreuen. Wenn man doch einfach ein bisschen lachen und nachdenken könnte. Und trotzdem ist mein guter Freund für dieses System ein Verbrecher und andere können sich ansaufen, so oft sie wollen. Finden Sie das denn nicht pervers? Ihr System! Pervers!-

Weber zog eine Augenbraue hoch und sah Caspar fragend ins Gesicht.

-Wie dem auch sei ... Ich schweife ab. Ich wohnte jedenfalls bei meiner Cousine. Beatrice. Ja. Wir haben uns über die Jahre öfters mal besser und mal weniger gut verstanden. Manchmal waren wir fast wie Geschwister, manchmal sahen wir uns jahrelang kein einziges Mal. Aber wirklich gestritten haben wir uns auch nie. Wir hatten zwar unsere Differenzen, aber nie wirklich schlimme. Sie ist eben, wie ich, ein Mensch, der für seine Rechte einsteht und dabei auch einmal laut wird. Warum sollte man auch schweigen, wenn man im Unrecht ist? Das einzig Logische ist, sich zu beschweren. Sie ging oft zu Demonstrationen, zu verschiedensten Anlässen: was auch immer gerade unrecht war. Was ich auch unterstütze. Wir gerieten nur ein, zweimal aneinander, wenn sie ein bisschen mit ihrem Feminismus übertrieb. Manchmal artete das direkt in Hass auf das andere Geschlecht, beziehungsweise Generalisierungen, aus. Wo ich ihr dann natürlich widersprechen musste. Verstehen Sie mich nicht falsch! Natürlich werden Frauen oftmals benachteiligt und sollten gleichgestellt werden, aber, eben gleich – und nicht übergestellt. Naja, wie auch immer... Wir einigten uns ja schließlich immer, meist war es auch nur ein Missverständnis aufgrund ihrer unglücklichen und manchmal überspitzten Wortwahl. Aber wer könnte das besser verstehen als ich?

Wo war ich ...? Ach ja! Die Vorlesung! Ich wollte zu einer Vorlesung gehen. Beatrice war bereits wach und wollte gerade in den Stadtpark gehen, um eine Runde zu joggen. Doch als sie das Fenster öffnete, bemerkte sie, dass da etwas nicht stimmen konnte. Die Sonne blendete so sehr, dass man fast ein, zwei Minuten lang nichts sehen konnte, wenn man hinaussah. „Caspar!", rief sie, „Sieh dir das an!" Das hätte ich nicht tun sollen, denn sie wollte mich da wohl nur mit hineinziehen! Ein bisschen sadistisch ist sie schon manchmal! Meine Augen brannten wie Feuer!

Instinktiv zog ich die Rollläden nach unten und verdunkelte die Wohnung. Schnell machte ich den Fernseher an, um zu sehen, was da los sei. Ich weiß, für die Wahrheit sind die Medien nicht die richtige Quelle! Ich meide sie ja sonst auch konsequent, aber das schien mir dann doch eine Ausnahmesituation zu sein. Ich bin ja schließlich intelligent genug, das bisschen Wahrheit aus dem Meer der Lügen zu fischen, das einem hier präsentiert wird!

Und da hörte ich es! Der Schock: „Die Ozonschicht ist dauerhaft zerstört. Die Ursache ist noch ungewiss. Wir müssen alle in einen Bunker ziehen." Das machte uns folglich sprachlos. Bei einer UV-Strahlung dieses Ausmaßes kann das zu lebensgefährlichen Verbrennungen führen oder schlimme Krebserkrankungen verursachen! Und meine Augen! Ein Glück haben wir, dass wir nicht blind geworden sind! Und warum das alles? Keine Ursache bekannt? Wer's glaubt, wird selig! Die wollten doch nur, dass niemand herausfindet, wer dahintersteckt! Um ihren Kopf aus der Schlinge zu ziehen! Mir war von Anfang an klar, dass die Regierung hier etwas verschleiern musste. Das stank ja förmlich zum Himmel. Seit Jahren pumpten sie schädliche Gase in die Atmosphäre und rafften damit das Klima dahin. Warum sollte denn da nicht auch eines dieser Gase schuld gewesen sein? Diese Konzerne haben doch nahezu uneingeschränkte Macht und können so viel an unserer prächtigen Mutter Erde zerstören, wie sie wollen. Da verschleiert die Regierung auch gerne Mal einen Schuldigen!

Ich überlegte, wie ich weiter handeln sollte. Sofort rief ich meinen besten Freund Christoph an. Ich erklärte ihm, was ich da gerade gehört hatte und diskutierte mit ihm über eine mögliche Mitschuld der Regierung. Christoph ist ein guter Freund. Ich kannte ihn seit dem Gymnasium. Da waren wir immer schon gut befreundet und meist einer Meinung gewesen. Na gut, ein, zwei Mal haben wir uns vielleicht zerstritten, aber wer tut das nicht? Er war eben ein bisschen anders als ich, aber Diversität ist doch etwas Schönes. Dennoch war er ein bodenständiger Typ und ein loyaler Freund, auf den man sich verlassen konnte. Zwar hatte er im Gegensatz zu mir eine technische Ausbildung begonnen, aber der Kontakt ist nie abgebrochen. Wir sahen uns trotzdem noch fast jede Woche und verstanden uns nach wie vor gut. Nun machte ich mir eben mit ihm aus, dass wir gemeinsam in den Bunker gehen und uns Zimmer nebeneinander nehmen würden. Der Schock saß zwar tief, aber man musste Maßnahmen ergreifen. So blieben wir zumindest in Kontakt und konnten reden. Wir hätten ja auch in verschiedene Bunker kommen können. Am wichtigsten war uns selbstverständlich die Aufklärung der Ursache dieser unsagbar tragischen Katastrophe.   Wir machten die Nacht durch, denn wie hätten wir schlafen können, während unsere Welt am Untergehen war? Als hingegen *die Sonne* untergegangen war, kam Christoph zu Beatrice und mir in die Wohnung und wir unterhielten uns die ganze Nacht über die bodenlose Frechheit der Regierung.

Gegen zwei Uhr machten wir uns dann auf den Weg zu jenem Bunker, der uns am gemütlichsten schien. Er war kleiner als die meisten anderen Bunker. Und wir waren beinahe die ersten, die vor den Toren standen. Nur einige wenige waren so früh da.

Wir gingen durch den gespenstischen, langen Korridor, der nie zu enden schien und lauschten der erdrückenden Stille. Es war die erdrückende Stille des Todes. Am Ende angekommen, wurden uns drei Zimmerschlüssel gegeben, die wir unverzüglich ausprobierten. Jeder von uns hatte eine ziemlich schöne Wohnung bekommen. Den Umständen entsprechend eben. Ich meine, es war alles da: Bett, Badezimmer eine kleine Lampe. Essen nicht, denn es gab einen Gemeinschaftsspeisesaal. Aber es wirkte auf mich wie ein Käfig. Ein grauer, meine Freiheit raubender, hässlicher, kleiner Käfig. Besonders wohl fühlte ich mich nicht. Beatrice aber noch weniger. Sie nahm es als persönlichen Angriff, dass ihr Zimmer angeblich das kleinste war. Nein, nicht einmal als persönlichen Angriff, als sexistischen Angriff. Und sie kann schon ziemlich wütend werden, wenn sie sich angegriffen fühlt. Ich bot ihr an, mit mir zu tauschen, doch sie bestand darauf, den Pförtner, der die Schlüssel verteilt hatte, zur Rede zu stellen. Ich verurteile sie nicht dafür. Sie fühlte sich ungerecht behandelt und das regte sie auf. Da soll man auch nicht den Mund halten. Das führte dann allerdings dazu, dass der gestresste Mann ihr einfach irgendein anderes, größeres Zimmer zuteilte, das allerdings am anderen Ende des Bunkers lag. Schade, aber was soll man machen? Als sie sich gerade beschweren wollte, kam der riesige Ansturm und die Zeit drängte, weshalb vermutlich nicht viel überlegt wurde. Nun, wo wir hier in Sicherheit waren, überkam uns eine mächtige Müdigkeit, also legten wir uns alle in unsere Betten und schliefen ein Weilchen.

Nicht allzu lange später wurde ich allerdings von dem Krawall draußen geweckt. Unzählige Menschen strömten in den Bunker und es wurde enger und enger. Zum Glück bin ich nicht klaustrophobisch. Jedenfalls waren einige von ihnen verletzt, es sah schrecklich aus. Dadurch war ersichtlich, dass es schon Tag sein musste. Das Zeitgefühl ist in dieser dunklen, immer gleichen Baracke ja ziemlich außer Gefecht gesetzt. Ich wusste nicht, was ich sonst tun sollte, also setzte ich mich einfach hin und wartete ab, bis sich die Lage beruhigte. Nach ein, zwei Stunden kam Christoph zu mir herüber, ihm ging es offensichtlich ähnlich. Wir unterhielten uns viel über früher ... Ja, er ist eben so ein Mensch, mit dem man sich durchaus gut unterhalten kann, auch stundenlang. Besonders gut ging es ihm aber nicht. Natürlich stimmte ihn unser Abstieg in die Unterwelt trübsinnig. Es war so hoffnungslos. Wie sollte es weitergehen? Würden wir je wieder hinaus in die Freiheit kommen? „Caspar", sagte er, „diese Situation hier setzt mir jetzt schon zu. Ich weiß wirklich nicht, was aus mir hier werden könnte!" Nie werde ich diese Worte vergessen. Denn er wusste es wirklich nicht. Hätte er es nämlich gewusst, dann hätte er sich vor Selbsthass nicht halten können. Dazu aber später. Natürlich baute ich ihn auf. Er war ja mehr oder weniger mein bester Freund. Wir redeten lange, wie lange weiß ich nicht, aber lange genug.

Beatrice kam nach einer Weile zu uns. Sie erzählte mir, dass sie eine alte Schulfreundin in ihrer Nachbarschaft wiedergesehen und diese mit ihrem Mann für heute Abend eingeladen hatte. Ich solle auch kommen. Ich zögerte erst, denn eigentlich hatte ich vor, Christoph ein wenig aufzuheitern. Der meinte dann aber zu mir, dass er sowieso ein bisschen Zeit für sich bräuchte. Also dachte ich, ein, zwei Stunden könnte ich schon hinüberkommen. Doch ungerecht fand ich das jetzt schon. Genau aus diesem Grund wollte ich, dass wir alle drei nebeneinander wohnten. Nämlich, damit wir die Zeit alle miteinander verbringen könnten. Aber ja, ich dachte mir, Christoph wird schon alleine zurechtkommen. Und vielleicht würde der Abend mit meiner Cousine ja ganz nett werden.

Davor kam allerdings noch der wohl interessanteste Teil des Abends: die Ansprache von Gustav Kastner, dem guten Herrn Vorsitzenden!-

„Pff", unterbrach Ludwig. Caspar sah ihn fragend an. „Dieser leichtsinnige Schwächling!", schnauzte Ludwig.
Caspar zögerte und zog nebenbei das Taschentuch aus seiner mittlerweile schon halbwegs verheilten Nase.
„Fahren Sie fort, Herr Templ!"

-Also die Ansprache von Gustav Kastner. Zuerst seine überhebliche, systemkonforme Begrüßungsfloskel. Und dann diese Bilderbuchrede. Alle würden mit dieser Situation zurechtkommen, die Regierung sei für uns da, bla, bla, bla. Essenszeit hier, Hallenbad da, bla, bla, bla. Mich juckte es schon unter den Fingernägeln zu fragen, wie es denn nun mit dieser verdammten Katastrophe aussah. Was brachte es uns, diese euphemistischen, irrelevanten Informationen an den Kopf geworfen zu bekommen, wenn wir doch einfach die Wahrheit hören wollten? Das verstehe ich nicht an Euch Politikern! Warum sagt Ihr uns nicht einfach die Wahrheit? Warum lügt Ihr uns an? Wir könnten doch alle in Frieden zusammenleben, wenn sie nur so ehrlich wären, wie sie es immer predigen!-

„Denken Sie das wirklich?"
„Wie wäre es denn sonst?" Caspar beugte sich aggressiv vor. „Ich verrate Ihnen mal ein Geheimnis, Herr Templ. Die

Menschen wollen nicht die *Wahrheit*. Sie wollen ein angenehmes Leben. Es interessiert niemanden, ob das, was ich ihnen als Politiker predige, gelogen ist – solange es ihnen gut geht. Erst wenn Sie sich über irgendetwas ärgern, beginnen sie, das zu hinterfragen."

„Aber nicht alle Menschen! Ich hinterfrage immer!"

„Wirklich? Tun Sie das?" Weber konnte sich ein Lachen nicht verkneifen.

„Ja! Ich will die Wahrheit! Es gibt auch Menschen, die die Wahrheit dem Komfort vorziehen!"

Ludwig unterdrückte sein Gelächter, um seinem Kontrahenten wieder mit ernster Miene zu begegnen. „Aber nicht viele!" Caspar blickte kurz herab, lockerte seine angespannten Lippen und entschied sich, weiter zu erzählen.

-Kastner erzählte, wie Sie wissen, sehr viel Blödsinn an jenem Abend. Unnötigen, die Wahrheit verschleiernden Blödsinn. Erst am Ende fasste er mit sehr kurzen Sätzen die Situation der Katastrohe zusammen. Die Untersuchungen der Regierung hatten ergeben, dass die Ozonschicht durch ein bis dato unerforschtes Gas zerstört wurde. Ein Gas, das bei einer chemischen Reaktion, die zur Herstellung eines neuartigen, extrem ressourcenschonenden Kühlmittels für die neueste Generation von Kühlschränken als Abfallprodukt entstanden war. Noch hätte die Regierung nicht herausgefunden, welche Firma dieses Gas in so hohen Mengen in die Erdatmosphäre freigesetzt hatte, beziehungsweise, warum es so schädlich sei, aber die Regierung sei auf der Suche nach dem Schuldigen, um ihn zur Rechenschaft zu ziehen.

Das hört doch ein Tauber, dass das alles dreist erlogen ist! Ich meine, wie soll die Regierung wissen, dass das Gas bei der Herstellung von Kühlschränken entsteht, aber nicht, wer diese Kühlschränke herstellt? Da stimmt doch etwas nicht! Entweder wollen sie da einfach jemanden in Schutz nehmen, diese korrupten Schwindler, oder – schlimmer noch – sie wussten über den Ausstoß dieses Gases und vielleicht auch über dessen Schädlichkeit im Voraus Bescheid und wollten einfach ihre Wirtschaftsbeziehungen nicht riskieren. Diese Lobbyisten haben die Kontrolle doch längst übernommen! Die Regierung ist vermutlich dieser Firma gegenüber machtlos und lügt deshalb ganz dreist ihre Wähler an, die diesen ganzen Dreck erschreckenderweise dann auch noch glauben! Die Regierung hat, nach dieser dreist erlogenen Geschichte zu urteilen, ganz sicher Mitschuld an dieser ganzen Sache. Nur würde sie das niemals zugeben.

Dann sagte er noch, dass die Regierung an einer Lösung arbeite. Ich glaube, ich kann mir den Kommentar dazu ersparen. Die machen doch nichts, außer herumzureden. Reden, reden, reden, aber nie handeln. So sind sie, unsere Politiker. Ich unterhielt mich mit Christoph darüber, der ebenso empört über diese Geschehnisse war. Wir wurden einfach nur betrogen und belogen.

In diesem aufgeladenen Zustand machte ich mich dann auf den Weg zu Beatrices Wohnung. Ich versuchte aber, mich zusammenzureißen, um uns trotzdem nicht den Abend zu ruinieren. Was mir auch größtenteils gelang. Sonja, diese ehemalige Mitschülerin meiner Cousine, war eigentlich ganz nett. Wir ermutigten sie, auch einmal etwas selbst zu erschaffen, denn es kam uns so vor, als wäre sie nicht wirklich sehr eigenständig. Sie schien in ihrer Ehe meistens im Schatten zu stehen. Etwas weniger sympathisch war allerdings ihr Ehegatte. Als Thomas Maier stellte er sich vor, als ich noch nicht einmal ganz durch die Tür war. Er trug einen Anzug, was mich etwas irritierte, denn es war immerhin ein privater, entspannter Abend – oder zumindest als solcher angekündigt worden. Der Mann kannte das Wort Lockerheit nicht einmal in der Theorie. Noch selten habe ich einen so angespannten Menschen gesehen. Und auch die Art, wie er redete. So überkorrekt und unkritisch. Er schien sich fast schon zu freuen, in diesem Bunker zu sein, weil er nicht arbeiten musste. Und er schien auch nicht zu wollen, dass seine Frau ein eigenes Leben führte. Er sah immer recht schockiert drein, als wir Sonja zur Eigenständigkeit ermutigen wollten. Zu erwähnen ist auch noch, dass er eine Flasche Wein mitgebracht hatte, über dessen Herkunft er mir einen Vortrag zu halten versuchte. Ich versuchte ja, interessiert zu wirken, doch bei aller Freundlichkeit: Es war mir in dieser Krisensituation wirklich vollkommen gleich, von welchem Hügel diese Flasche Wein, die sowieso kaum jemand außer er selbst anrührte, stammte. Ich versuchte dennoch, freundlich zu bleiben und meine Offenheit zu zeigen. Doch jeder Versuch einer Unterhaltung mit ihm ging ins Leere. Über unser gegenseitiges Leben wollte ich mich mit ihm austauschen. Er sprach allerdings dauernd nur von irgendeinem Kollegen namens Ayman, zwischendurch beschwerte er sich über die Arbeit. Also riet ich ihm, seinen Job zu hinterfragen und möglicherweise etwas zu ändern. „Aber es ist ein sicherer Job!", fuhr er mich nur an. Er fragte mich nach Haus, Frau und Arbeit. Nichts davon hatte ich. Er schien wie besessen von der Idee, dass das alles essenziell für ein gutes Leben sei. Ich meine, Glück bedeutet doch, dass ich mache, womit ich mich wohlfühle. Alles andere ist nebensächlich. Und ja, ich war zufrieden mit meinem Studium. Was danach kommt, werde ich mir überlegen, wenn es an der Zeit ist. Das empörte den Mann sichtlich und er liebäugelte schon wieder mit der Weinflasche.

„Willst du denn keinen sicheren Job?", fragte er mich.

„Nein, das ist doch nicht wichtig."

Er schüttelte den Kopf. „Und ... und ... eine Frau? Du willst doch bestimmt eine Frau?"

„Wenn es sich ergibt, aber das ist doch auch nicht wichtig."

„Ein Haus, eine Karriere, ein schönes Auto, Erfolg?!"

„Herr Maier", ich versuchte beruhigend zu klingen, „Das ist doch alles nicht wirklich wichtig im Leben."

„Aber dann wäre doch unser ganzes System, unser Konzept des Lebens, nicht wichtig!"

Ich lächelte ihn an und sagte mit so ruhiger Stimme, wie nur irgendwie möglich: „Das haben Sie jetzt gesagt."

Er schüttelte den Kopf und versuchte von da an den ganzen Abend, mir irgendwie zu helfen. Er hielt mich für ein verlorenes Wesen.

Ich versuchte, abzulenken und etwas über die Vergangenheit zu reden. Ich erzählte von meinem Leben und dann von meinem Freund, den sie inhaftiert hatten. Als ich die Ironie dieser Illegalität ansprach, bemerkte ich an seinem Gesichtsausdruck, dass er mich endgültig abgeschrieben hatte. Er drehte seine Beine in die Richtung seiner Frau und schwenkte nur noch den Wein in seinem Glas hin und her. Ich wollte nun dem Gespräch zwischen Beatrice und Sonja folgen und mich dort mit einklinken. Doch das blieb erfolglos: Die beiden waren nicht voneinander abzubringen.

So beschloss ich, dem Maier noch eine Chance zu geben und kam demnächst auf das Thema des Bunkers an sich und der lügenden Regierung zu sprechen. Da sah er mich auch nur wie einen kompletten Idioten an, also dachte ich mir, ich gehe besser nach Hause. Hier hatte ich eh nichts verloren. Die zwei Freundinnen unterhielten sich sehr gut und der Maier war sowieso nicht für ein intelligentes Gespräch zu gebrauchen. Ich legte mich schlafen in diesem tristen Bunker.

Der nächste Tag war kaum schöner als der erste. Es blieb dabei, dass Herr Kastner leugnete, zu wissen, was die Regierung mit der Ozonkatastrophe zu tun hatte. Die ersten Tage unterhielt ich mich fast nur mit Christoph in seinem Zimmer. Es war schrecklich. Es war, als würde uns der letzte Funken Freiheit, den wir in unserer Gesellschaft noch hatten, auch noch genommen werden. Ich meine, da waren wir nicht nur gedanklich in einem Käfig gefangen, wie die meisten Menschen heutzutage in der Gefangenschaft der Medien, Regierungen und Werte leben, sondern tatsächlich in einem metallenen, engen, geregelten, alles bis aufs minimalste einschränkenden Käfig. Als hätte die Regierung gemerkt, dass einige von uns diesem Teufelskreis endlich entfliehen wollen und uns absichtlich in dieses Verließ verbannt. Als würde das System uns so lange einengen, bis wir am Ende qualvoll daran ersticken. Wissen Sie, der Mensch ist das einzige Tier, das so dumm ist, sich ein einschränkendes System zu erschaffen! Jedes andere Tier lebt in der Natur. Ohne Geld, ohne Arbeit, ohne diese Qualen, die uns gefangen halten. Nur wir nicht? Warum nicht? Warum gerade wir nicht?-

Kurz trat Stille ein. „Recht haben Sie!", sagte Ludwig.

Caspar war verblüfft, das zu hören. Er runzelte die Stirn. „Meinen Sie das etwa ernst?"

Ludwig zog die Augenbrauen hoch und entgegnete: „Ich meine immer ernst, was ich sage."

„Sie! Sie sind doch der größte Verfechter dieses Systems! Sie wollten die Menschen einengen und gefangen halten!"

„Aber, aber", unterbrach der Politiker, „das zeigt nur, dass Sie es überhaupt nicht verstanden haben."

„Im Moment sind Sie es, der rein gar nichts versteht!", wurde Templ aggressiv.

„Es ist wahr, der Mensch hat das System erschaffen.", rief der nun auch aggressiv werdende Herr Weber, „Es ist unnatürlich! Aber er braucht es, um zu überleben. Er will kontrolliert werden! Oder sehen Sie nicht, was da draußen vor sich geht?"

Caspar blickte betroffen drein, fast schon verärgert über die Schlüssigkeit der Aussage seines Kontrahenten.

„Ich aber nicht. Ich brauche es nicht. Ich will es nicht. Ich will die Freiheit.", bemerkte Caspar sichtlich frustriert.

„Sie können von sich nicht auf alle anderen schließen, Herr Templ! Nicht jeder kann mit der Freiheit umgehen. Was die Menschen wollen, ist die Illusion der Freiheit. Sie können scheinbar wählen, welche Schule sie ihre Kinder besuchen lassen. Die können dann scheinbar wählen, welchen Beruf sie ausüben wollen, wo sie wohnen sollen, also an welchem Standort sie ihr Geld – ihre scheinbare Macht – verdienen und von wo aus sie es wieder ausgeben, um dort wohnen zu dürfen, wo sie auf Urlaub hinfahren, mit wem sie ihre scheinbare Freiheit teilen…"

Caspar schwieg und hörte aufmerksam zu.

„Sie denken, dass sie eine Wahl haben und sind doch an ein System, das sie stützt, gebunden. *Das* ist es, was die Menschen wollen.", ergänzte Ludwig.

Nach kurzem Überlegen antwortete Caspar sichtlich in seiner Überzeugung geschwächt: „Es ist trotzdem nicht in Ordnung."

„Wieso?"

„Sie können die Menschen nicht einfach kontrollieren. Was befähigt ausgerechnet Sie dazu?"

„Dass ich verstanden habe, was die Menschen wollen. Demokratisch handelt der Bürger nach Eigeninteresse, nicht im Sinne der Gemeinschaft. Er will nur das, was für ihn am besten ist. Solange dieser Zustand präsent bleibt, muss ein Politiker die Initiative ergreifen und für das Gemeininteresse handeln, auch wenn das Volk zu seinem Glück gezwungen werden muss."

Caspar wusste nicht so recht, was er antworten sollte. Es schien ihm alles schlüssig zu sein, was der Politiker sagte, aber es wurmte ihn dennoch und ließ ihm provozierendes Unwohlsein durch alle Muskeln und Gebeine pulsieren. Er schwieg.

„Wollen Sie ... nicht fortfahren, Herr Templ?", sagte Ludwig in einem freundlichen und entgegenkommenden Tonfall.

„Gut", meinte Caspar, versuchte sich zu sammeln, räusperte sich und setzte zum Sprechen an.

-Christoph... und mir ging es ... wie gesagt ... nicht so besonders gut. Wir fühlten uns ... gefangen. Gefangen durch die Regierung, den Bunker, durch alles. Und ... ach wissen Sie was, Weber? Das hat doch alles keinen Sinn! Warum sollte ich Ihnen das erzählen? Mir reicht's.-

„Jetzt kommen Sie, Templ! Es interessiert mich."

„Das meinen Sie doch nicht ernst!"

„Doch, sprechen Sie. Ich kritisiere Sie nicht. Erzählen Sie mir, wie es für Sie war! Ich will ihre Ansicht hören! Vielleicht überzeugen Sie mich! Na los, fangen Sie an!"
„Also gut … danke."
„Keine Ursache. Also, ich höre.", drängte Ludwig.

-Uns ging es nicht gut. Besonders Christoph. Ihm fiel die Decke dermaßen auf den Kopf. Alles war öde und farblos. Dann gab Kastner auch noch bekannt, dass der Kontakt zur Außenwelt abgebrochen war. Also keine weiteren Informationen über die Ursache. Das passte auch perfekt ins Bild! Ich meine, der wollte natürlich nicht durchdringen lassen, dass seine ach so großartige Regierung etwas mit diesem Vorfall zu tun hatte. Wie könnte er auch? Wer weiß, hat das überhaupt gestimmt? Vielleicht ist er einfach nur feige gewesen. Aber zum Glück war ich nicht der Einzige, der Misstrauen hegte. Viele, ja wirklich viele begannen, sich aufzuregen und endlich aufzuwachen. Das war doch nicht mehr normal! Und wenn ich mich recht besinne, habe ich auch Sie gesehen, als sie dort standen und sich über Kastner beschwerten!-

„Richtig", nuschelte Ludwig und schmunzelte.

-Und als die Tage so vergingen, wurde es zwar nicht weniger beunruhigend, aber wir gingen ab und zu raus, um uns die Anlage anzusehen. Ich hielt nicht viel davon. Wozu braucht man einen Golfplatz und ein Hallenbad da unten? Ich meine, bitte! Das ist eine Notlage und wir sind in einem Gefängnis! Wahrscheinlich haben Sie recht, es sollte einfach nicht wie ein Gefängnis wirken. Christoph jedenfalls war plötzlich richtig begeistert von der Bunkeranlage. Er kam mir direkt manisch vor. Als wäre er übergeschnappt. Das war mir äußerst suspekt, denn er war zuvor mit jedem Tag, jeder Stunde, jeder Minute trauriger und trauriger, hoffnungsloser und hoffnungsloser geworden. Und nun war er plötzlich voll Freude, wie ein kleines Kind, dass zum ersten Mal das Meer sieht. Wegen einem öden, grauen, mit Kunstrasen versehenen Golfplatz! Ich meine, was in aller Welt sollte das?

Ich ging zu Beatrice und erzählte ihr davon. Sie meinte, dass er einfach schwache Nerven habe und sich in seine Traumwelt flüchten wolle. Oder sich einfach dumm stelle. Aber sie hatte auch Verständnis dafür, dass ich ihm helfen wollte. Als wir uns so unterhielten, stellten wir fest, Schreie zu hören. Hilfeschreie. Es klang, als kämen sie von außen. Es gab einen Überwachungsraum im Eingangsbereich, am Rande des langen Korridors, in dem man auf Monitoren beobachten konnte, was da draußen vor dem Tor vor sich geht. Dort gingen wir hin, um nachzusehen, was da los war. Als wir den Monitor erblickten, sahen wir das Elend. Das pure Elend. Tausende Menschen, die da draußen standen und um Asyl ansuchten, während ihnen qualvoll die Haut verbrannte und einer nach dem anderen in unerträglichen Schmerzen zu Boden sank. Vor dem Monitor saß ein Mann, der eine fast stoische Ruhe hatte und uns erst kaum bemerkte. Es war dieser eine Mann, den man öfters mit Kastner sah. So etwas wie ein Berater, glaube ich. Vor lauter Schock über seine Untätigkeit fragte ich ihn, warum er die Leute denn nicht hereinließe. Er drehte sich um und sagte: „Das ist eine politische Angelegenheit. Halten Sie sich da heraus, wir haben alles unter Kontrolle."

„Offensichtlich ja nicht!", fuhr Beatrice ihn an. „Da draußen verrecken alle und sie öffnen die Tür nicht! Was sind

Sie denn für ein abscheulicher Mann?"

„Ich bitte Sie, Ruhe zu bewahren, Gnädigste.", sagte der immer noch ruhige Herr, „Wir müssen uns erst beraten. Dann entscheiden wir, wie wir weiter verfahren."

„Sie ignoranter Volltrottel!", schrie meine Cousine und lief zurück in den Bunker. Ich glaube, es war gerade diese Ruhe, die einen so aufregte. Ich meine, das war eine Notsituation! Und der blieb einfach seelenruhig vor seinem Computer sitzen und ließ die armen Leute sterben. Beatrice wollte es sofort jedem erzählen. Ich bat sie, mit zu Christoph zu kommen. Dieser schwamm in seiner Manie gerade die Schwimmbahnen entlang und erfreute sich am Plantschen des Wassers. Wir erklärten ihm, was los war, doch er gab eine Reaktion ab, mit der ich beim besten Willen nicht gerechnet hatte. „Nein! Da müssten wir ja unsere Zimmer mit denen teilen! Unser Essen! Unseren Golfplatz! Nein! Sollen die doch verbrennen! Selbst schuld, wenn sie nicht vorher in einen Bunker gegangen sind." Das schockierte mich so sehr, dass ich kaum ein Gegenargument herausbrachte. Ich sagte ihm, dass wir ihre Leben doch retten müssten. Vielleicht wurden sie nirgendwo sonst hereingelassen. Doch Christoph ließ sich nicht bekehren. Einige andere stimmten ihm auch noch zu und wollten rebellieren. Ich nahm es ihm nicht übel. Er stand neben sich. Doch ich wollte ihn im Auge behalten. Ich ging mit ihm zum Golfplatz. Beatrice bat ich, auch mitzukommen, doch sie hatte sich mit ihrer Sonja und deren Gatten verabredet. Na gut, dachte ich mir, soll sie ruhig ihren Spaß haben. Ich werde mich ja wohl um meinen besten Freund kümmern können. Wir spielten den restlichen Tag Golf, während er sich ständig aufregte, dass wir das womöglich bald nicht mehr könnten. Ich versuchte wirklich, nachsichtig zu sein, doch es fiel mir sehr schwer. Abends kam Beatrice dann zurück und sagte: „Caspar! Sie haben sie endlich reingelassen. Kastner hat gerade die Tür geöffnet." Wenigstens etwas. Wenn es schon so lange gedauert hatte. Da rastete Christoph aus. „Nein!", schrie er. „Ich teile mein Zimmer nicht." Er lief fort. Ich machte mir große Sorgen. Doch so war er. Wenn er überzeugt von etwas war, dann ließ er sich das auch nicht nehmen. Beatrice meinte, sie würde nun mit ihrer Schulfreundin zusammenziehen, damit keine Fremden dazukämen. Sie wirkte sehr glücklich darüber.

Dann folgte der riesige Ansturm. Ich wollte zu meiner Wohnung, um den Neuankömmling unterzubringen. Unterwegs sah ich im Hauptsaal den Kastner auf der Bühne stehen, wie er versuchte, die Situation zu rechtfertigen, während er von wilden Demonstranten beschimpft und beworfen wurde. Und da sah ich: Einer von ihnen war mein bester Freund. „Die Rothäutigen müssen raus! Ich bring sie um!", schrie er, wie vom Teufel befallen. Ich ging zu ihm und versuchte, ihn davon zu überzeugen, das sein zu lassen. Doch was ich auch sagte, es half nichts. Er stieß mich weg. Ich konnte nicht anders, als zu gehen. Es traf mich, dass er so dachte. Was konnten denn die Leute dafür? Sie waren doch genauso Opfer der Regierung, wie wir es waren. Ich setzte mich in die Wohnung und dachte darüber nach. Es frustrierte mich mehr als alles andere zuvor.

Nach ein, zwei Stunden kam dann eine alte Frau, die recht nervös zu sein schien, und brachte einen Jugendlichen zu mir, dem ich Asyl gewähren sollte. Natürlich half ich dem Verletzten sofort herein und legte ihm einen meiner beiden Polster auf das spartanisch anmutende Sofa des Zimmers. Die

Alte rief: „Danke, dass Sie in dieser Krise helfen!“ Dann krauste sie sich die Haare auf und ging weiter. Komische Begegnung.

Danach wollte ich mich mit meinem neuen Mitbewohner bekanntmachen. Er stellte sich als David vor. Sein Gesicht war so rot und verbrannt, dass er vor Schmerzen kaum sprechen konnte. Hinlegen wollte er sich auch nicht, weil sein Rücken zu sehr brannte. Ich unterhielt mich mit ihm über die Katastrophe und fragte, wie es draußen war. Viel schlimmer war es noch geworden, meinte er. Man verbrenne förmlich nach ein paar Minuten unter freiem Himmel. Doch noch während er erzählte, packte er aus seiner blutigen Hosentasche sein Smartphone aus. Es war, als würde er sich in erster Linie darauf konzentrieren und nicht auf das Gespräch. Er war wie hypnotisiert. Da wurde er immer verzweifelter. „Kein Empfang! Kein Internet!“, rief er. Ich erklärte ihm, dass das logisch sei – immerhin trennte uns eine viele Meter dicke Erdschicht von der Oberfläche. Und die Verbindung nach draußen war ja angeblich gekappt worden. Da brach der Junge zusammen und konnte sich kaum noch bei Sinnen halten. Es war, als hätte er gerade gehört, dass er in den nächsten Sekunden ertränkt werden würde. Ich versuchte, ihn irgendwie zu beruhigen, aber wie soll man sowas denn angehen? Ich meine, das ist schon pervers, wie abhängig manche heutzutage von der Technologie sind. Ständig in den sozialen Medien und unendlichen Unterhaltungsmöglichkeiten der modernen Welt gefangen. Als wäre das eine Welt, die für sie realer als die reale Welt ist, in der sie von nun an leben!-

„Ein eigenes System!“, warf Ludwig ein.

„Ja ... ein eigenes System, dass sie gefangen hält.“, ergänzte

Caspar.

Ludwig nickte und rief mit bestätigendem Tonfall: „Ja!"

„Man sollte sich von nichts abhängig machen. Nur so kann man frei sein", erkannte Caspar.

„Da bin ich absolut Ihrer Meinung. Nur so kann man frei sein."

-Er war nur schwer zu beruhigen, weshalb ich gezwungenermaßen aufhörte, es weiter zu versuchen. Er musste eben mit der Wahrheit zurechtkommen. Das dauerte bei ihm.

Später am Abend kam Christoph nach Hause in seine Wohnung. Auch er hatte einen Flüchtling zugeteilt bekommen. Das habe ich zwar nicht offiziell mitgeteilt bekommen, aber ich habe das Geschrei durch alle Wände gehört. „Raus aus meiner Wohnung! Rothäutige!", brüllte er. Ich sah mich gezwungen, da einzugreifen, um dem armen Geflüchteten zu helfen. Ich wollte meinen Mitbewohner David noch fragen, ob ich ihn denn hier allein lassen könne, aber er war ohnehin so außer sich wegen seines so unglaublich teuren und lieben Internets, dass ich mir dachte, er würde es sowieso nicht merken, wenn ich die Wohnung kurz verlassen würde.

Ich fand den Wütenden herumschreiend vor, während dieses arme, verletzte Mädchen verängstigt in der Ecke stand, defensiv beide ihrer gebrandmarkten Arme nach vorne streckte und ihre Augen zukniff. Ich war erst ganz starr vor Schock, wie mein sonst so gemäßigter bester Freund da einer Unschuldigen drohte, sie eigenhändig hinaus zu zerren und verbrennen zu lassen oder sie – ich zitiere es wirklich nur sehr ungerne – wenn es nötig ist, selbst anzuzünden. Das sind Momente, da weiß man gar nicht, wie man reagieren soll. Man ist starr vor Schreck. Man will es beenden, aber die Kraft wird einem einfach aus den Gliedmaßen gesogen. Man steht da wie eine Wachsfigur einer körperlichen Hülle, deren Geist in Ketten gelegt und im Ozean versenkt wurde.

Doch ich musste nichts sagen. Christoph bemerkte mich. Er sah mich an und sagte: „Caspar! Siehst du diese menschliche Unverschämtheit?! Einfach in meine Wohnung gekommen! Ha! Raus soll sie! Raus!"

So heftig schrie er, dass seine Stimme sich schon überschlug. Er spuckte mich direkt schon an, mit jedem Wort, das er sagte. Ich wollte ihm sagen, dass er Unsinn rede, doch ich war einfach zu perplex. Alles, das ich herausbrachte, war: „Was ... warum? Christoph!"

Er schrie nur weiter: „Selbst schuld, wenn sie zu spät zum Bunker geht! Verrecken soll sie, verrecken!"

Ich erkannte diesen Menschen nicht wieder. Das war nicht der Mann, mit dem ich jahrelang befreundet war. Das war ein Mann, der von seiner unermesslichen Wut übermannt wurde, der keinen Funken Verstand mehr hatte, mit der körperlichen Hülle meines ehemaligen besten Freundes. Endlich konnte ich mich wieder fassen. „Dieses Mädchen hat genau so ein Recht darauf, im Bunker zu leben, wie du auch! Du weißt nicht, welche Umstände..."

„Schwachsinn!", unterbrach er mich. „Schwachsinn, elendiger Schwachsinn! Sie hat kein Recht, hier zu leben! Das ist meine Unterkunft, mein Essen, mein Überleben!"

Er stieß den Tisch um. Dieser fiel mit so einem Knall gegen die Betonwand, dass es so laut schepperte, dass es schon in den

Ohren schmerzte. Ich erkannte, dass es keinen Sinn hatte, mit diesem Mann – nein, er war kein Mann mehr – mit diesem Monster zu reden. Ich drehte mich nur noch zu dem verängstigten Mädchen und flüsterte stotternd: „Bitte ... komm mit, du kannst zu mir." Sie sah mich an und erschütterte dabei meinen inneren Kosmos, ihr Blick war so leiderfüllt und gleichzeitig dankbar, er brachte mein inneres Wesen ins Wanken und erfüllte mich mit einer Mischung aus Mitleid, Nervosität, klirrender, eisiger Kälte und warmer, wohliger Wärme. Wir gingen. Christoph sah mich an, als ich mit ihr durch die Tür schritt, und rief mir nach: „Verräter! Volksverräter! Idiotischer Selbstmörder!" Ich fühlte den Luftschwall seiner Worte im Nacken.

Im Gang sah sie mich an und bedankte sich bei mir. Das berührte mich sehr tief. Ich brachte sie in die Wohnung. Da trafen wir auf David, der zu dieser Zeit sein Handy mit Tränen im Gesicht ansah und dabei seinen Kopf schüttelte. „Das ist David...", sagte ich, noch angeschlagen vom Streit mit Christoph. Nach kurzem Zögern ergänzte ich: „Oh... und ich bin Caspar." Sie lächelte mich an mit ihrem von Brandnarben gezeichneten, aber doch lieblich wirkenden Gesicht und sagte: „Ich bin Rosa." Da sie verletzt war, sah ich mich gezwungen, ihr mein Bett anzubieten und beschloss für mich, auf dem Boden zu schlafen. Sie bedankte sich und meinte, dass ich nett sei. Sie wollte aber noch nicht schlafen. Wir unterhielten uns sehr lange. Wir erzählten uns vieles über uns. Wir lernten uns kennen. Und sie war wirklich sehr nett. Sie war auch Studentin, es konnte sogar sein, dass ich ihr einige Male über den Weg gelaufen bin. Und doch war ein halber Weltuntergang nötig, damit wir uns kennenlernten. Als die Katastrophe passierte, war sie gerade auf einer mehrtägigen Wanderung im Wald unterwegs und hatte keine Möglichkeit, so schnell zu einem Bunker zu gelangen. Auf dem Weg zurück zur Zivilisation verbrannte sie halb und die Situation wurde immer schlimmer. Alle Bunker hatten schon ihre Pforten geschlossen. Sie war einfach zu spät dran. Es ging aber vielen so. Und die Bunker waren alle überfüllt. Bis sie letztendlich in ihre Wohnung zurückging und versuchte, sich dort zu verbarrikadieren. Nur wurde die Strahlung jeden Tag stärker und stärker, bis es fast unmöglich wurde, Lebensmittel zu besorgen, beziehungsweise man sogar innerhalb der Häuser schwere Verbrennungen bekam. Da entschied sie, wie viele andere auch, dass sie jetzt sofort in irgendeinen Bunker musste. Oder sterben würde. Und zum Glück hat sie es geschafft. Endlich.

Sie war mir sehr ähnlich. Wir unterhielten uns über die diversesten Themen, alles was uns einfiel. Noch bevor ich ein Wort über die Beteiligung der Regierung sagen konnte, hatte sie es schon getan! Eine Firma, die die Regierung unterstützte, hatte angeblich das Gas freigesetzt. Es tat so gut, endlich mit jemanden, der es auch wirklich verstand, darüber reden zu können. Ich habe noch nie eine Person wie sie getroffen. Es ist unglaublich. Wenn ich sie sehe, dann wird die ganze Welt, alles um mich herum, plötzlich verschwommen und ich fühle mich, als wäre ich eingehüllt in einem weichen, warmen Wattebausch, der mich für immer vor allem Bösen der Welt bewahrt. Es ist, als würden alle Gedanken, alle Gefühle, die ich habe, auf einmal wie von einem Magneten, einem Strudel, angezogen und in eine Welt des ewigen und unendlichen Glücks befördert werden. Als wäre ich in einem Tunnel, einem Tunnel direkt in den Himmel. Verstehen Sie das?-

Ludwig lächelte. „Nun, die Beschreibung als Strudel trifft es schon ganz gut. Ein Strudel – der Sie festhält und verschlingt."
„Oh ja!", meinte Caspar geistig abwesend und förmlich aus den Augen strahlend, „Und ich möchte den Rest meines Lebens von ihm festgehalten werden."
Ludwig lachte erneut: „Das glaube ich Ihnen aufs Wort!"

-Fast die ganze Nacht redeten wir. Bis in die frühen Morgenstunden. So kam es, dass der nächste Tag ziemlich mühsam war. Wir waren müde. Außerdem war der ganze Bunker voller aggressiver Personen, die die „Rothäutigen" hinauswerfen wollten. Allen voran mein ehemaliger bester Freund. Es war furchtbar. Ich musste ihm das ausreden. Rosa und David riet ich, in der Wohnung zu bleiben, denn dort war es halbwegs sicher. Dann suchte ich ihn. Er lief wütend den Gang entlang. So viel ich auch auf ihn einredete, es hatte keinen Sinn. Er konnte es nicht akzeptieren. Die Leute sahen uns schon an, und das obwohl fast jeder Zweite am Herumschreien war, so hitzig diskutierten wir.
Doch am heftigsten war es am Abend. Da hielt Kastner seine Ansprache.-

„Kastner ...", warf Ludwig abschätzig dazwischen.
Caspar sah ihn erbost an.
„Nein, nein, tut mir leid. Fahren Sie fort!"

-Da hielt Kastner seine Ansprache und wurde von allen beschimpft und beworfen. Ich ging nur hin, um Christoph im Auge zu behalten. Ich wollte verhindern, dass er jemanden verletzt. Plötzlich stand Rosa hinter mir. Ich bekam sofort Angst um sie, als ich sie sah. Sie hätte sich nicht hierher trauen sollen, es war zu gefährlich. War sie doch das Wertvollste, Teuerste, das ich je zu Gesicht bekommen durfte. Ihr durfte doch nichts passieren. Nein, sicher nicht. Eine Kugel hätte ich für sie abgefangen. Alles, alles, hätte ich getan. Sie ist so bezaubernd, so intelligent, so wunderschön, so nett, so perfekt ...-

„Templ! Beherrschen Sie sich! Schweifen Sie nicht ab!", unterbrach der genervte Vorsitzende.
Caspar sah ihn desillusioniert und erzürnt an. So, als wäre er gerade aus einem wundersamen Traum gerissen worden. „Wer erzählt denn die Geschichte? Ich oder Sie?!", schnauzte der Verliebte.
„Na gut ...", seufzte Ludwig, „Fahren Sie fort!"

-Ich sagte ihr, sie solle zurück zur Wohnung laufen. Doch sie war zu neugierig und wollte wissen, was hier passierte. Aber ich hatte solche Angst. Wenn Christoph sie sehen würde... Ich hatte den Gedanken noch nicht zu Ende gedacht, da passierte es schon. Er sah sie an und schlug auf sie ein, während er sie beschimpfte. Da spürte ich, wie es in mir hochstieg. Das Unvermeidbare, Unkontrollierbare. Bei mir brannte eine Sicherung durch. Ich hatte keinerlei Kontrolle mehr über meine Handlungen. Es war der pure Hass, der pure Wille, alles, was sie bedroht, gnadenlos aus der Welt zu schaffen. Ich schrie ihn an, was ihm bloß einfalle, und wurde brachial. Erwürgen wollte ich ihn. Ich wollte ihn tatsächlich erwürgen. So eine Wut hatte ich auf ihn. Was dachte er sich dabei? Einfach auf Rosa einzuschlagen, ohne irgendeinen auch nur halbwegs nachvollziehbaren Grund! Der Mann war ein Monster, ein Vollidiot, wirklich das Letzte!-

„Ich verstehe Sie."

„Tun Sie das?"

„Ja. So sind die Menschen, wenn Ihnen jemand lieb ist. Emotional."

Da erfasste Caspar dieselbe Wut wie damals noch einmal.

„Emotional? Der Mann hat sie geschlagen! Sie hatte nichts getan!"

„Ruhig Blut, Herr Templ!", unterbrach Weber, „Ich habe Sie nicht angegriffen!"

„Sie sagen, ich wäre zu emotional? Was sind Sie denn für ein kaltes, liebloses Wesen? Haben Sie denn kein Herz?"

Ludwig lächelte und rollte mit den Augen.

„Finden Sie das etwa lustig? Sie sind ja wirklich das Letzte! Genau so habe ich Sie eingeschätzt! Genau. So. Ich hasse Sie!"

Ludwig schüttelte den Kopf und entgegnete: „Genug, Templ. Genug. Ich habe nur gesagt, dass der Mensch ein emotionales Wesen ist und dadurch eben oft überreagiert."

„Überreagiert! Nein! Sie sind es, der unterreagiert! So sieht es aus!"

Ludwig wusste sich nicht weiter zu helfen, weshalb ihm nichts anderes übrigblieb, als weiter den Kopf zu schütteln.

Caspar fuhr fort: „Aha! Jetzt verschlägt's Ihnen die Sprache! Weil Sie wissen, dass ich recht habe!"

„Nein ..."

„Ach! Noch immer nicht! Sie kalter, böser Mensch, Sie!"

„Das ist ja unglaublich!", wurde Ludwig langsam aggressiv, „Sie verstehen es einfach nicht, oder? Sie verstehen gar nichts!"

„Ich!? Sie! Sie!"

„In Ordnung ... beruhigen wir uns erst einmal ..."

„Sie kalter, böser Mensch!"

„Ich bitte Sie. Stellen Sie sich vor, es wäre irgendein *fremder* Mensch gewesen, auf den ihr Freund losgegangen wäre. Hätten Sie ihn dann erwürgen wollen?"

Caspar zögerte und schrie dann: „Das wäre auch nicht in Ordnung gewesen! Keine Menschen sollten verletzt werden!"

„Aber hätten Sie ihn erwürgt?", unterbrach Weber bestimmt.

„Nun ... ich ... vielleicht?", stammelte Templ.

Ludwig lachte und sagte: „Ich glaube nicht, dass Sie das hätten. Und das wissen Sie genauso. Sie hätten Ihn vielleicht angeschrien oder zurechtgewiesen, aber niemals hätten Sie ihn wegen eines Fremden gewürgt."

„Kann sein."

„Ergo: Sie haben überreagiert, weil Ihnen offensichtlich etwas an dieser Rosa liegt."

„Seien Sie doch still, was geht Sie das überhaupt an?"

„Immerhin *erzählen* Sie es mir."

Danach folgte ein kurzer Moment des Schweigens.

„Wissen Sie, Herr Templ: Sie sind doch so ein begeisterter Freiheitskämpfer. Haben Sie sich schon einmal überlegt, was es ist, das die Menschen im System gefangen hält?"

„Nun", begann Caspar, „die Politiker."

„Nein, nein.", lachte Ludwig, „Die Menschen halten sich selbst im System gefangen. In ihrem anziehenden Strudel der Unfreiheit." Ludwig fuhr ein Grinsen übers Gesicht und er fuhr fort: „Es gibt drei Dinge, die ihnen den Willen, auszubrechen, nehmen. Sozusagen die drei Fesseln der Menschheit."

„Und die wären?"

„Arbeit, Liebe und Unterhaltung – "

„Das ist doch idiotisch! Die Liebe ist doch das schönste, was es gibt! Das schönste Gefühl! Die Heilung aller – "

„Lassen Sie mich bitte ausreden."

Kurze Pause.

„Die Arbeit hält die Menschen zeitlich beschäftigt. Sie sind an einen Zeitplan gebunden, den sie einhalten müssen, um ihr Überleben zu sichern. Die Unterhaltung füllt die Zeit zwischen der Arbeit auf. Seien es die modernen Medien, die Drogen, das Feierabendbier vor dem Fernseher. Das stellt die Menschen zufrieden. Sie fühlen sich gut. Sie denken, sie könnten frei über ihre Unterhaltung entscheiden und freuen sich die ganze Zeit, während der sie die Arbeit festhält, auf diese – wie sie es nennen – Freizeit. Und dann ist da noch die Liebe. Die Liebe schenkt den Menschen die Illusion der seelischen Erfüllung. Ein Leben aus bloßer Arbeit und Freizeit wäre ihnen zu eintönig. Die Liebe bringt Drama in den Alltag. Hochs und Tiefs. Spannung. Die Liebe nutzt der Menschen ältesten Instinkt, nämlich den, die Art zu erhalten und sich fortzupflanzen, und schafft es so, die Menschen dazu zu bringen, sich auf sich gegenseitig zu konzentrieren, statt auf das Hinterfragen, höhere Gedanken oder Freiheit. Sie fesselt zwei Personen aneinander, stürzt sie in eine der stärksten möglichen Abhängigkeiten und nimmt ihnen nach und nach sogar die Freiheit der Gedanken. Das macht das Bild komplett. Der Mensch ist zur Gänze im Ideal des Systems und verschwendet keinen Gedanken mehr daran, ihm entkommen zu wollen. Er ist unter Kontrolle. Arbeit, Unterhaltung und Liebe."

„Sie sind ein liebloser Mensch."

„Ja! Und es hat mich um einiges weitergebracht."

Caspar sah betroffen aus. Was sein Gegenüber da sagte, schoss wie ein Pfeil durch sein Herz, sein Innerstes, seine tiefste Überzeugung. Und doch schien es so ernüchternd wahr. So ernüchternd reduzierend auf das grausige, blanke Konstrukt der Wahrheit, das es ihm wohl schwerfiel, zu ertragen. Konnte die Liebe denn wirklich so sein? Eine der drei größten Fesseln der Menschheit? Wo sie doch so viel Schönes brachte.

„Sie sind roh.", bemerkte Caspar, „aber Sie sagen Dinge, die irgendwie Sinn ergeben, auch wenn man sie nicht glauben kann."

Ludwig lächelte: „Denken Sie darüber nach!"

Nach einer Schweigeminute, in der er auf dem Boden vor der Tür sah, fuhr Caspar mit seiner Erzählung fort.

-Das war jener Tag, an dem ich Christoph gewürgt habe, als Sie auf einmal die Bühne betraten. Ich kannte Sie ja kaum. Aber da machte ich mir dann direkt ein Bild von Ihnen. Sie stellten sich als neuer Vorsitzender vor. Kastner war weg vom Fenster. Und Sie waren machthungrig. Sie wollten einfach alle kontrollieren. Sie wollten das Volk unterdrücken. Dann drohten Sie Christoph, dass es für ihn Konsequenzen geben würde. Ich meine, ich fand es gut. Was er machte, war nicht in Ordnung. Aber *wie* Sie es ihm gesagt haben. So böse, so hinterlistig. Als würden Sie vorhaben, ihn in ein Konzentrationslager zu deportieren!-

„Also das ist jetzt eine schwere Unterstellung! Wie kommen Sie darauf?"

„Naja ... Sie ... waren so entschlossen."

„Also stellen Sie Entschlossenheit mit Extremismus gleich? Meine Intention war es, den Extremismus zu verhindern! Und Ihr Christoph war ein Extremist!"

„Sie ... Sie haben ja recht. Entschuldigung."

Weber seufzte: „Fahren Sie fort." Dann musste er vor Verzweiflung lachen.

-Meine Gedanken waren da aber kaum bei Ihnen. Vielmehr bei Rosa. Die verletzt worden war. Ich brachte sie sofort in die Wohnung zurück. Und … ja, redete eben mit ihr. Ich … nach Ihrer Rede vorhin will ich Ihnen gar nicht genauer davon erzählen! Ja, ich mochte sie sehr! Ja, ich liebe sie! Sie ist alles für mich und der Mittelpunkt meines Lebens! Okay?-

„Keine Kritik meinerseits."

-Hm. Ein paar Wochen später kam Christoph zu mir und entschuldigte sich. Auch bei Rosa. Es sah aus, als würde er es ernst meinen. Ich war heilfroh, dass er sich beruhigt hatte. Er bot sogar an, dass Rosa nun doch bei ihm wohnen könnte. Doch das wollte sie gar nicht. Wir … ja, sie und ich, nun … Sie wissen ja! David, der mittlerweile in eine tiefe Depression verfallen war, wurde dann aber durch unseren Beschluss zu Christoph umgesiedelt. Wir behielten ihn zwar im Auge, doch er schien sich wirklich normalisiert zu haben. Nun hatten Rosa und ich die Wohnung für uns allein. Die Zeit war eigentlich sehr schön. Ja, ich glaube sie war sehr schön. Beatrice, glaube ich, kam in dieser Zeit ihrer Schulfreundin immer näher, aber – hm, ich weiß ehrlich nicht, was zu dieser Zeit so alles passiert ist.-

Ludwig lachte.
„Ablenkung, ich weiß", gab Caspar zu. „Verdammt nochmal, Sie haben ja recht!"

-An einem Tag, das weiß ich noch, waren Rosa und ich gerade mit Beatrice unterwegs, als wir am Eingang des Korridors vorbeigingen und feststellten, dass da draußen schon wieder jemand herbeikroch, der Hilfe benötigte. Beatrice ging sofort zum Überwachungsraum, der aber leer stand. Daher beschloss ich, zu Ihnen zu gehen, um Ihnen Bescheid zu sagen. Ich denke, Sie erinnern sich.-

„Oh ja. Ich erinnere mich sehr gut. Sie kamen vollkommen hysterisch mit ihrer Cousine und ihrer Freundin dahergelaufen und führten sich auf, als stünde die Welt kurz vor dem Untergang."
„Ein Mensch war in Gefahr!"
„Wir halfen ihm ja auch sofort, oder?"

-Sie schickten sofort die Sanitäter hin und liefen in Richtung Eingang. Ich wollte Sie noch fragen, wie genau Sie handeln wollen, also folgte ich Ihnen. Ich glaube, da traf ich diesen Maier, diesen Mann von Beatrices Schulfreundin am Korridor. Wie auch immer, ich versuchte mit dem verletzten Mann zu reden, er verlor aber schnell das Bewusstsein. Wissen Sie, ab dem Zeitpunkt war mir klar, dass sich die Katastrophe nun wirklich ins Unermessliche gesteigert haben musste. Der Mann war so extremst verbrannt und entstellt. Als wäre Feuer in der Luft. Was mir bewies, dass die Regierung nichts tat, um dem entgegenzuwirken. Sie taten rein gar nichts. Sie wissen, dass ich Sie daraufhin danach fragte. Sie sagten, sie wüssten nichts!-

„Ich wusste auch nichts. Die Kommunikation war schon lange, bevor ich Vorsitzender wurde, abgebrochen."
„Ist das denn wirklich so?"
„Ja!"
„Ich weiß nicht, ob ich Ihnen glauben kann."

„Ich bitte Sie darum! Ich bin kein Lügner. Die Wahrheit ist mir sehr wichtig!“
„Ha! Ihnen? Sie haben das Volk monatelang belogen!“
„Das musste ich! Sie sehen doch, was jetzt passiert ist!“
Kurzes Schweigen.
„Kommen wir später dazu.“

-Der nächste Tag, der hervorsticht, war jener, an dem dieser mysteriöse Mann wieder aus dem Koma erwachte. Rosa und ich wollten an jenem Tag nur zu Hause bleiben. Plötzlich kam diese Schulfreundin von Beatrice bei mir vorbei. Sie wollte mit mir sprechen. Ich bat Rosa, in der Wohnung zu bleiben und ging kurz hinaus. Die Frau stotterte direkt und sagte, sie wüsste nicht, wie sie mir das sagen sollte. Ich war verwundert und hatte keine Ahnung, weshalb sie zu mir gekommen war. Ich bat sie, zum Punkt zu kommen. Da erklärte sie mir, dass sie sich in meine Cousine verliebt hatte. Das überraschte mich ziemlich. Ich fragte, warum sie das ausgerechnet mir erzähle. Sie meinte, sie könne sonst mit niemandem darüber sprechen. Und sie wüsste nicht, ob sie es Beatrice sagen solle. Ich bot ihr an, Beatrice ein paar vorsichtige Fragen zu stellen, um herauszufinden, ob sie ähnlich empfinde. Da wurde die Frau panisch und bat mich, das sein zu lassen. Ich sagte, falls sie doch Hilfe brauche, solle sie sich an mich wenden. Für ein, zwei gute Ratschläge bin ich ja immer bereit.
Nur kurze Zeit später kam Beatrice selbst bei mir vorbei. Ich fragte sie, ob sie wegen ihrer Schulfreundin Sonja hier wäre. Sie sah mich verwirrt an und verneinte. „Ich habe mitbekommen, dass der verbrannte Mann aus dem Koma erwacht ist. Ich habe den Vorsitzenden gesehen, er war bei ihm.“-

„Ach so ist das also! Ihre Cousine bespitzelt mich!", lachte Ludwig.

„Sie gaben uns eben allen Grund, Ihnen zu misstrauen." Ludwig sagte auf lockere, erheiterte Art und Weise: „Na wenn das so ist – kann man ja nicht anders!"

-So beschloss ich, dem Herrn einen Besuch abzustatten. Ich wollte, dass Rosa mitkommt. Sie wollte aber nicht. Also wollte ich auch nicht hingehen, um bei ihr zu bleiben. Sie wollte aber, dass ich hingehe. Ich wollte sie aber nicht alleine lassen. Sie überredete mich aber schließlich, doch hinzugehen. Sie meinte, sie würde wirklich wissen wollen, was der Mann zu sagen hatte und es gerne von mir hören. Also ging ich hin.

Als ich hinkam, sah ich diesen Thomas Maier vor dem Bett des armen Mannes stehen. Ich machte mich schon auf ein weiteres Gespräch darüber bereit, dass ich eine sichere Arbeit und er noch einen Wein von Weintrauben, die jeden Tag mit Feuchtigkeitscreme gepflegt worden sind, brauche. Doch er schien recht empört und verschwand gleich, als ich den Raum betrat. Na gut, dachte ich mir. Der arme, entstellte Mann lachte, als er mich sah. „Noch einer!", hustete und lachte er gleichzeitig. Was heißt gleichzeitig, ich konnte das Eine nur nicht vom Anderen unterscheiden! Jedenfalls meinte ich, dass ich mich nur dafür interessiere, was in der Außenwelt passiert sei, seit wir hier eingesperrt waren.

„Ja, wie ich den anderen bereits sagte …", rief der Mann vorwurfsvoll, „Alles geht den Bach runter! Alles ist hin! Die Oberfläche der Erde ist verbrannt. Und ich auch beinahe."

„Können Sie mir sagen, wer schuld daran ist, dass dieses Gas in die Atmosphäre gekommen ist? Die Regierung?", fragte ich.

Er lachte nur. Ich fragte, was daran lustig sei. Er hielt inne. „Ach – wissen Sie … wenn ich das wüsste – “ Dann runzelte er die feuerrot vernarbte Stirn. „Aber ja.“, lachte er, „Die Verantwortlichen hatten ganz sicher den Segen der Regierung für diese Aktion. Es gibt viel Mächtigere als die Regierung, glauben Sie mir!“

Ich erklärte ihm, dass ich das wüsste.

„Hauptsache mir geht's halbwegs gut. Das freut mich momentan am meisten. Auch wenn die Welt gerade zerbröckelt.“, sagte er mit einem ironischen Unterton.

Ich entschuldigte mich und fragte ihn der Freundlichkeit halber nach seinem Namen. „Chang Sun, CEO von Cool&Green“, lachte er mich an. Noch so ein Angeber, der stolz darauf ist, dass er ein, zwei Millionen am Konto hat, dachte ich mir. Dem ist nichts wichtiger als sein Geld und sein Besitztum, diesem Kapitalisten! Ich ließ ihn zurück und wollte wieder zu Rosa. Als ich den Raum verließ, lachte der Mann nur lauthals. So laut, dass es sich anhörte, als würde seine geschmorte Lunge jeden Moment kollabieren. Doch die war bestimmt auch schon vor der Katastrophe geschmort, wegen der vielen Zigarren in der Limousine!

Rosa war nicht in der Wohnung, was mich in Panik versetzte. Sofort spürte ich einen Hauch von Übelkeit und mein Herz schlug unregelmäßig und schnell. Ich überlegte, wie ich weiter verfahren sollte. Ohne sie. Ich brauchte sie. Gerade jetzt, um über diesen Chang zu reden. Da kam Christoph herüber und meinte: „Ah, Caspar, schon wieder da. Ich soll dir von Rosa sagen, dass sie inzwischen in diese Bar gegangen ist.“ Ich bedankte mich. Doch warum war sie ohne mich in diese Bar gegangen? Sie hätte doch auf mich warten können! Liebte sie

mich etwa nicht mehr? Wollte sie zu einem anderen? Ich hielt
es nicht aus und lief auf schnellstem Wege in die Bar. Und da
saß sie. Allein. Zum Glück. Ich setzte mich zu ihr und begann
mit ihr über Chang zu reden. Sie, Herr Vorsitzender, saßen am
nächsten Tisch. Mit so einer älteren Frau, die Sie ständig mit
Fragen bombardierte!-

„Frau Kopf", lächelte Ludwig.

-Ja, genau. Wer war noch da? Ich glaube, dieser Maier mit
einem Freund. Jedenfalls berichtete ich Rosa, was das
Brandopfer erzählt hatte. Als ich von Cool&Green erzählte,
erstarrte Rosa förmlich.
„Cool&Green?", fragte sie mit gebrochener Stimme, „Der CEO
von Cool&Green?"
„Genau das hat er gesagt, Cool&Green!", meinte ich. Da
erzählte Rosa mir die furchtbare Wahrheit. Während der Tage,
als sie noch außerhalb des Bunkers war und bei uns schon die
Kommunikation abgebrochen war, war bekannt geworden,
wer diese schädlichen Gase in die Atmosphäre geleitet hatte. Es
war die Kühlschrankfirma „Cool&Green". Dieser Mann, der da
lag und einen auf hilfloses Opfer machte, war schuld daran,
dass die Welt gerade am Untergehen war! Und hatte dann noch
die Frechheit, bei uns um Asyl anzusuchen! Weil wir nicht
wussten, wer der Schuldige war! Und dann hat er mich noch
hinters Licht geführt! Natürlich weiß er nicht, wer schuld ist,
keine Ahnung hat er! Vermutlich hatte er wirklich keine
Ahnung, dieses Schwein! Vermutlich war er zu dumm und
geldgierig, um überhaupt irgendetwas zu verstehen! Solange es
seiner Firma gut geht, geht's ihm auch gut! Egal, ob er damit
den Planeten ins Verderben stürzt! Interessiert ihn doch nicht!

Und die Regierung braucht natürlich die Wirtschaft, die Einnahmen dieser revolutionären Kühlschränke und lässt sich kaufen von diesem Verbrecher! Von diesem Mörder! Von diesem Zerstörer unserer Heimat!-

„Ruhig Blut, Sie werden ja schon ganz rot!", unterbrach Ludwig, „Ich weiß, wie schlimm das war."
„Ach, wissen Sie das? Sie hätten es ja vermutlich verheimlicht!"
„Da liegen Sie gar nicht so falsch, Herr Templ!"
Jener schüttelte verständnislos den Kopf. „Ich erinnere mich noch genau an Ihren Blick, als Rosa und ich uns über diese Frechheit aufregten. Sie sahen uns an, wie Sie Christoph angesehen hatten, als er randalierte. Sie sahen uns an, als würden Sie uns aus dem Verkehr ziehen wollen."
„Wissen Sie, welche Aufstände das ausgelöst hätte, wenn es publik geworden wäre?"
„Haben Sie ihn deshalb umgebracht?"
„Was?", rief Ludwig entsetzt.
„Sie haben mich schon verstanden – Herr Vorsitzender!"
„Das ist doch lächerlich! Ich habe Chang Sun nicht umgebracht!"
„Doch doch …", ermittelte Caspar, „Sie haben es gerade selbst zugegeben. Ich wusste es ja von Anfang an. Von dem Zeitpunkt, als es genau Sie waren, der die Leiche am Gang gefunden hatte. Und die Ermittlungen eingestellt. Nein, ich wusste es schon ab dem Moment, als sie mir den Todesblick zugeworfen hatten. Und als Sie dann auf der Bühne sagten, Sie hätten den Mörder gefunden …"
„Sie werfen doch wilde Verschwörungstheorien in den Raum! Das ist doch alles nur ein Hirngespinst!"

„Ach ja?“

„Ja!“

„Christoph wusste es auch. Es war klar, dass Sie es waren. Rosa wusste es auch. Es war eindeutig. Christoph sagte es Ihnen ins Gesicht! Das haben Sie nicht verkraftet und deshalb – “

„Passen Sie auf, was Sie da sagen, Herr Templ!“

„Ach so? Wollen Sie mich auch noch bedrohen? Was wollen Sie machen? Wir sind hier allein! Nur Sie und ich! Hier, in diesem Versteck haben Sie keine Macht mehr! Sie Mörder!“

Dann folgte eine kurze Stille.

„Herr Templ – Ich mag vieles getan haben. Aber ein Mörder bin ich nicht.“

„Geben Sie es schon zu, ich habe Sie erwischt! Wer sonst würde Chang Sun einfach so skrupellos aus dem Weg schaffen?!“

„Es gibt Stimmen“, begann Weber in stillem Tonfall, „die behaupten, dass *Sie* es gewesen sind.“

„Ich? Wer kommt denn auf so einen Mist?“

„Stimmen“, lächelte Ludwig. „Berichte. Also urteilen Sie nicht so vorschnell. Erzählen Sie lieber weiter.“

Caspar zögerte, schüttelte den Kopf und entgegnete dann: „Na gut!“

-Einige Tage später ... passierte ausnahmsweise mal etwas Erfreuliches. Meine Cousine hatte mit ihrer Schulfreundin gesprochen, weil sie es seltsam fand, dass ich annahm, sie sei wegen ihr zu mir gekommen. Und die hat ihr alles erzählt. Sie waren nun ein Paar. Beatrice meinte, sie hätte ebenso empfunden und auch nicht gewusst, wie sie dieses Gespräch mit ihrer Sonja beginnen sollte. Schön, wenn ich mal den Vermittler spielen durfte. Immerhin wollte ich, dass die beiden ebenso glücklich werden, wie ich es mit Rosa bin. Sie macht mich so glücklich, jede Sekunde meines Lebens bereichert sie. Ich weiß nicht, wie ich es je ohne ihr ausgehalten habe. Sie ist der Grund meines Glücks, der Grund meines Lebens.-

„Nicht schon wieder – ", meinte Ludwig entnervt, „Vielleicht haben die Leute, die Sie als Junkie betiteln, gar nicht so unrecht!"
„Das nehmen Sie jetzt zurück!", brüllte Caspar.
„Okay! Bevor Sie mir den Kopf abreißen! Hinterfragen Sie es eben nicht und bleiben Sie in ihrem Placebo-Glück gefangen!"
„Sie sind doch verrückt."
„Danke."

-Wie auch immer – Lassen Sie mich doch einmal ausreden! Wenig später traf ich auch Sonja am Gang vor der Bar. Sie bedankte sich für meinen unabsichtlichen Ausrutscher, der dazu geführt hatte, dass meine Cousine und sie nun zusammen waren und ich hieß sie in der Familie willkommen. Also alles gut und schön. Nein, denken Sie vielleicht! Aber nein!

Christoph war nicht mehr er selbst. Das merkte Rosa ganz eindeutig und ich dann auch. Seit Ihrem Mord an Chang Sun wurde er immer seltsamer. Er war ruhig, sagte kaum noch ein Wort und wenn er etwas sagte, dann so langsam, als wäre er ein Neunzigjähriger! Und das, was er sagte, war gleichgültig. Komplett gleichgültig und uninteressiert! Das war nicht mein Christoph! Das war nicht der Freund, den ich schon seit Jahren kannte. Ich wusste, da muss irgendetwas faul sein. Und ich wusste genau, dass Sie und Ihre Regierung dahinterstecken mussten! Rosa schöpfte denselben Verdacht. Als ich Beatrice davon erzählte, sah sie auch, was ich meinte. Doch ihr Feuer konzentrierte sich im Moment ausschließlich auf ihre Freundin; sie war nicht interessiert an der Lösung dieses Falls. Ich musste sie regelrecht dazu überreden, uns zu helfen. Denn Rosa und ich arbeiteten einen Plan heraus. Es gab keine Zweifel daran, dass wir all Ihre Fehler aufdecken würden. Gab es ein, zwei ängstliche Gedanken, dann motivierten wir uns gegenseitig und blieben so stark. Wir konnten weiterhin hinter unserer Überzeugung stehen.-

„Ist das nicht notwendig und wünschenswert, ab und zu seine Meinung ändern zu können?“
„Was reden Sie denn da schon wieder? Einen festen Standpunkt zu haben, ist doch das, was einen charakterlich starken Menschen ausmacht!“
„Naja, wenn Sie das sagen. Ich denke, sich zu verändern ist das Wichtigste im Leben. Denn wenn man stehen bleibt, kommt man auch nicht weiter. Wenn mir jemand sagt, ich solle bleiben, wie ich bin, dann sage ich ihm: Ich kann dir vieles versprechen, aber eines weiß ich mit absoluter Sicherheit: Dass ich ganz sicher nicht bleibe, wie ich bin. Ich will mich verändern, ich will mich weiterentwickeln, evolvieren.“
„Ich habe doch gesagt – “, unterbrach Caspar, „Lassen Sie mich gefälligst ausreden, verdammt nochmal!“
Ludwig schwieg.

-Wir überzeugten uns gegenseitig immer mehr. Also gingen wir zu dritt in den Kontrollraum, um dort nach Akten zu suchen. Er stand wie meistens leer, das war Ihre Schwäche! Die Tür war auch nur angelehnt. Ich stand am Gang und beobachtete, ob jemand kam, während Rosa und Beatrice die Schubladen durchsuchten. Doch alles, was dort vermerkt war, waren die Auffälligkeiten vor der Türe. Wir wussten, wir mussten zu ihrem Besprechungsraum. Der Plan musste etwas komplizierter werden. Aber Rosa hatte zum Glück eine brillante Idee …

Ich glaube, Sie erinnern sich an diese Augenblicke – ja, ich glaube schon, schließlich ist es erst wenige Stunden her. Beatrice ist zu Ihnen gegangen, um Sie abzulenken. Sie sagte, es wäre schon wieder ein Verletzter vor der Tür. Und, dass alle schon bemerkt hatten, dass da jemand liege und er offensichtlich ein Mitglied der Regierung sei. Das sollte Sie sofort in Aufregung versetzen. Immerhin könnte dieser Mensch ja Informationen, vielleicht sogar Sie belastende Informationen an den Tag legen, wenn die Sanitäter ihn bargen. Aber Sie könnten ihn doch auch nicht sterben lassen, immerhin hatten ihn schon alle gesehen. Sie mussten selbst hin. Mit Beatrice. Und Sie bissen an. Wie ein quirliger Karpfen! Es funktionierte wie am Schnürchen. Ihren Berater nahmen Sie auch gleich mit. Und dabei waren Sie unvorsichtig. Die Tür zum Besprechungsraum wurde nicht abgeschlossen.

Nun hatte Rosa die Möglichkeit, einzutreten und die Akten hier zu durchsuchen. Ich hielt wiederum Ausschau. Und nun bröckelte Ihre Fassade, Herr Weber. Denn Rosa fand alles heraus. Protokolle, die Parlamentssitzungen, die Gespräche, alles dokumentiert. Dass Sie etwas getan hatten, um das Volk ruhig zu stellen. Nur nicht, was Sie genau getan hatten, um das Volk ruhig zu stellen. Die Aufzeichnungen begannen nach der ersten großen Flüchtlingswelle. Da stand „Diskussion, Kritik von einigen Mitgliedern, Einigung auf ersten Einsatz von Plan IV zur Bekämpfung der Aufstände". Das war verwirrend. Plan

IV? Was für ein vierter Plan? Wir stöberten weiter. Nächster Tag: „Wasser wurde in die Erde gesetzt, Feuer wurde der Luft entzogen." Noch verwirrender. Was hatte das nur zu bedeuten? Ich glaube, Sie wissen es! Nicht wahr? Dann wieder: „Plan IV schlägt an. Erfolge." Und viel mehr stand da auch nicht. Rosa hatte alle Akten durchsucht. Was war Plan IV? Wir mussten es herausfinden! Da sah ich plötzlich, dass ein Mann auf uns zukam. Er wollte zum Besprechungszimmer und hatte einen Briefumschlag in der Hand. Ich hielt ihn für ein Regierungsmitglied und wollte ihn einschüchtern. Und vor allem hatte ich Angst um Rosa, die da drinnen war und vermutlich von Ihnen umgebracht worden wäre, wenn sie davon gewusst hätten! Das konnte ich nicht zulassen. Ich musste doch etwas tun, um sie vor Ihrer Gewalt zu schützen! Ich entschied mich, ihn zu erpressen. „Hören Sie zu!", schrie ich ihn an, ja ich schaffte es, ihn anzuschreien, obwohl meine Stimme stotterte und schwächelte, weil ich massiv neben der Spur stand. „Glauben Sie nicht, Sie könnten uns etwas verheimlichen! Wir wissen Bescheid. Wir wissen alles. Wir wissen von IV! Und ich schwöre Ihnen, wenn Rosa ... wenn meiner Rosa irgendetwas geschieht, dann mache ich Sie fertig! Dann kommt alles raus! Haben Sie mich verstanden!?" Der Mann sah mich verängstigt an und stotterte: „Ja... verstanden." Er drehte um und ging. Dann deutete ich Rosa, dass wir auch gehen würden. Ich wusste, dass es nun nur eine Frage der Zeit war, bis Sie uns ausradieren würden. Wir mussten uns beeilen. Wir mussten sofort handeln. Auf Beatrice zu warten, würde zu lange dauern.

Rosa hatte die Namen gesehen und wusste, wie die Regierungsmitglieder hießen. Also machten wir uns mit einem neuen Plan auf den Weg zu einer dieser Personen: Sarah Rauch, ein Mitglied ihrer Regierung. Wir fanden ihre Wohnung bald und lauerten ihr dort auf. Rosa übernahm geschickt das Reden, als sie auftauchte: „Wir haben sie erwischt, Frau Rauch! Sie brauchen es gar nicht erst zu leugnen! Sie waren genauso an Plan IV beteiligt, wie der Vorsitzende selbst!"

„Oh Gott!", erwiderte die Beschuldigte, „Ich schwöre – es war seine Idee. Es war Webers Idee. Ich war dagegen. Ich wollte die Aufständischen nie unter Drogen setzen!"

In diesem Moment war ich so schockiert wie schon lange nicht mehr. Ich wusste es endlich. Ich wusste, was Sie getan hatten! Sie haben sie unter Drogen gesetzt, um sie im Zaun zu halten. Sie haben Ihr Volk belogen und betrogen. Sie haben diese Menschen in eine Sucht gestürzt, Sie haben meinen Christoph vermutlich für immer verändert! Das ist ein Eingriff in die persönliche Freiheit! Sie haben uns die Freiheit genommen! Und es war dieser Moment, als ich mir geschworen hatte, Ihnen dafür Ihre Macht zu nehmen. Ihr System wie ein Aquarium, das die Fische gefangen hält, am Boden zu zerschmettern. Einer alleine ist vielleicht machtlos gegen Sie, doch wenn alle um ihren Betrug wissen, dann sind Sie es, der machtlos wird.

Instinktiv lief ich los, um im Besprechungszimmer nachzusehen, wo Sie die Drogen versteckten. Im Gang lief mir dann auch noch plötzlich dieser Maier über den Weg und warf mir vor, dass ich etwas mit seiner Frau hätte. Dabei wurde er handgreiflich. Ich erklärte ihm, was Sache ist, doch das war mir in diesem Moment wirklich herzlich egal. Ich meine, der hat doch keine Ahnung, was wirklich wichtig ist und wird auch niemals etwas Wichtiges zu unserem Leben beitragen, dieser Wein saufende Systemsklave! Ich durchsuchte das ganze

Zimmer und wurde schließlich in einem der versiegelten Kästen, die ich aufbrach, fündig. Beruhigungsmittel in Massen, wie ich sie noch nie gesehen hatte. Hoch suchterregend. Mit mitunter tödlichen Nebenwirkungen. In einer Schachtel mit der Aufschrift „Plan IV". Ich griff mir die Akten und fotografierte die Schachtel, um mich anschließend aus dem Staub zu machen. Und dann – Sie wissen ja, dann wartete ich, bis Sie Ihre Rede am Podium hielten, stürmte die Bühne und brachte dem Volk endlich die Wahrheit. Die Wahrheit, die es verdient hatte.-

Betretenes Schweigen erfüllte das Refugium. Caspar sah Ludwig mit so hasserfüllten Augen an, dass es jenem schon kalt am Rücken herunterlief.
„Sind Sie fertig?", fragte er.
„Ja! Ich bin fertig. Mit Ihnen und Ihrem System!", entgegnete der Aufdecker.
„Ich habe das Gefühl, dass Ihnen gar nicht so recht klar ist, was Sie mit Ihrer Aufdeckaktion angerichtet haben!", meinte Weber vorwurfsvoll.
„Doch!", rief Templ, „Ich habe das Volk befreit. Ich bin ein Nationalheld! Ein Freiheitskämpfer!"
„Da gebe ich Ihnen sogar recht.", erläuterte Weber, „Doch das Volk kann mit der Freiheit nicht umgehen. Das Volk muss kontrolliert werden. Es muss vor der Freiheit beschützt werden!"
„Das ist doch lächerlich! Der Mensch ist wie jedes Tier frei geboren worden. Und war es auch immer."
„Auch da haben Sie recht. Aber heutzutage ist das anders. Der Mensch hat sich daran gewöhnt, alles vorgekaut zu bekommen. Er ist es gewohnt, einen Plan zu haben, an den er sich halten

muss. Er hat verlernt, frei zu sein. Die meisten zumindest. Und wenn er jetzt frei wird, bricht das totale Chaos aus! Sie sehen es ja!"

„Herr Vorsitzender, das Chaos wäre nicht ausgebrochen, wenn Sie von Anfang an ehrlich gewesen wären und das Volk nicht unter Drogen gesetzt hätten, nur wegen ein paar kleiner Aufstände!"

„Kleine Aufstände! Ah ja!", wurde Ludwig langsam aggressiv. „Ihr Christoph hätte Ihre Rosa noch erschlagen, wenn ich nicht eingegriffen hätte! Dann wär's aus gewesen mit der wunderschönen Liebe! Die Aufstände wären eskaliert und damals wäre schon passiert, was jetzt wegen *Ihnen* passiert! Ich habe Ihr Leben um ein gutes Jahr verlängert und was machen Sie zum Dank? Sie schreien mich an!"

Dann wurde es still im Raum, bis Caspar ebenso erzürnt zurückschoss: „Trotzdem ist das kein Grund, uns unter Drogen zu setzten!"

„Nur diejenigen, die eine Bedrohung sind."

„Das ist doch egal! Sie können die Menschen nicht einfach unter Drogen setzen! Es hätte sicher eine andere Lösung gegeben!"

„Nennen Sie mir doch eine!"

„Ähm – naja."

„Bitte! Sagen Sie mir, wie ich es besser hätte machen können!"

„Sie hätten die Menschen zur Einsicht bringen müssen! Der Mensch ist doch nicht *so* dumm!"

„Das ist utopisch."

„Nein, der freie Mensch wird schon vernünftig handeln!"

„Sehen Sie denn nicht, was da draußen gerade passiert, Templ? Sie vergessen bei Ihrer Argumentation, dass die Fische an der Luft vertrocknen, wenn ihr Aquarium zerbricht."

Caspar wurde betreten still und ließ sich von seiner stehenden Streitposition auf das Bett des Zimmers fallen.

„Ich weiß es ja auch nicht, Weber! Ich habe doch nur das Richtige getan!"

„*Ich* habe das Richtige getan.", entgegnete der Politiker. „Die Sache ist – ", fuhr er fort, „Ich glaube Ihnen sogar, dass Sie dachten, das Richtige zu tun. Das denken doch alle, sonst würden sie alle nicht tun, was sie tun. Soll ich Ihnen ein Geheimnis verraten, Templ?"

„Ich dachte zwar, ich hätte alle Ihre Geheimnisse schon aufgedeckt, aber bitte!", entgegnete Caspar.

„Nun", lachte Ludwig, „Es gibt kein Richtig oder Falsch! Es gibt nur Meinungen! Es gibt nur zwei Gegensätze, von denen keiner dem anderen vorzuziehen ist. Die Meinung bestimmt nur, welchen wir für Richtig oder Falsch halten. Die Wertung durch Emotionen. Der Ursprung allen Übels sind die Emotionen. Denn das Gefühl der Übelkeit selbst ist eine Emotion."

„Wow", meinte Caspar, „Sie können echt viel Unsinn daherreden. Kein Wunder, Sie sind ja Politiker."

„Sehen Sie", meinte Ludwig, „Sie müssen so denken, Sie sind ja mein Gegensatz. Sie müssen existieren, damit ich existieren kann. Gegensätze bedingen sich gegenseitig. Wie wüssten Sie, ob nur ein Zustand existiert oder doch gar keiner? Sie könnten es nicht unterscheiden. Deshalb ist alles aus Gegensätzen aufgebaut, die sich bedingen. Und das Wichtigste ist, dass diese Gegensätze von ihrer Position überzeugt sind. So ist es bei allen Arten von Meinungen, auch beim politisch Liberalen und Konservativen, wie auch bei Rechts und Links: Beides ist notwendig, beide gegensätzlichen Meinungen bedingen sich. Wir denken beide, dass wir das Richtige tun. Und vergessen dabei, dass Richtig und Falsch eine Illusion ist."

„Also bitte!", spottete Caspar.

„Ich bitte Sie nur um eines", meinte Weber ernst blickend, „Versuchen Sie, sich darauf einzulassen."

„Sie sind plötzlich so anders, Herr Weber.", bemerkte Templ.

„Ja. Weil ich jetzt nicht als Ludwig Weber, sondern als objektives Bewusstsein mit Ihnen spreche. Versuchen Sie das auch   einmal!"

„Sie haben ja den Verstand verloren, Weber!"

„Es ist offenbar noch zu früh dafür. Sie sind noch zu sehr in Ihrer Rolle verankert. Haben Sie etwas dagegen, wenn ich Ihnen jetzt meinen Teil der Geschichte erzähle?"

„Nur zu!", meinte Caspar abfällig.

-Ich schätze, ich sollte, authentischerweise wie Sie, mit der Erzählung an jenem Tag beginnen, an dem die Katastrophe erstmals publik wurde. Es war der karge Alltag, grau wie eh und je; ich hatte vor, bei einem guten Freund, wie jeden grauen, alltäglichen Tag, die Arbeit zu verrichten, die ich zu verrichten hatte, wenn ich mir mein Leben leisten wollte. Verstehen Sie mich nicht falsch – Geld war nie mein zentrales Thema, es war mir nie besonders wichtig. Es reichte auch immer, um über die Runden zu kommen. Ich wusste zu dieser Zeit nicht so recht, was ich aus meinem Leben machen sollte. Ich hatte schon so viele Tage und Nächte damit verschwendet, mir darüber den Kopf zu zerbrechen. Es ließ sich einfach nichts finden, das mir wirklich zur Erfüllung verhelfen könnte. Ich konnte nichts herausfiltern, das mich wahrhaft und tief begeisterte. Nirgends wollte ich so richtig hineinpassen. Das zerfraß mich wie kaum etwas anderes. Mein guter Freund, den ich schon seit einer gefühlten Ewigkeit kannte, warf mir da den Rettungsring ins Wasser, den ich so dringend nötig hatte. Solange ich überlegte, was ich aus meinem Leben machen würde, konnte ich für ihn im kleinen Betrieb seiner Familie arbeiten und damit das verdienen, was ich zum Überleben brauchte. Dafür war ich ihm sehr dankbar. Ich bin es auch heute noch, aber aus einem anderen Blickwinkel.

Dennoch zehrten die Gedanken an mir wie ein nicht zu bändigender Parasit, der jeden Tag, jede Stunde, jede Sekunde mein Innerstes aufs Neue bis auf die Knochen zerfraß und mich tötete, aber eben nicht endgültig tötete. Ich dachte nach über meine gescheiterte Liebe, meinen gescheiterten Versuch, endlich meine Interessen zu finden, mein gescheitertes Leben. Alles, was mir Halt gab, war meine Freundschaft zu diesem einen Menschen. Ich werde seinen Namen nicht nennen.

Ja, es ist erkennbar: Ich war eine wahrlich klägliche Gestalt. Ich passte in keine Spate, die das System mir vorschlug. Ich passte in keine Schublade, in der ich den Rest meines Lebens arbeiten und mein Glück durch Unterhaltung und Liebe finden würde. So war ich nicht. Ich war Ihnen damals sogar ein bisschen ähnlich, wage ich zu behaupten. Ich hasste das System, ich wollte es in seinen Grundfesten erschüttern, wenn ich es doch nur gekonnt hätte. Was mir die Motivation zu leben gab? Die Freundschaft und die Hoffnung auf Erleuchtung. Ich hoffte so sehr, endlich zu erfahren, wozu ich hier bin, was meine Bestimmung in dieser Welt ist. Doch es war mir nicht gegönnt. Heute weiß ich, dass ich mir selbst im Weg stand. *Ich* war der, der das Glück wegsperrte und mit einer Plane bedeckte. Schließlich hatte ich Angst vor der Veränderung. Ich wollte nicht, dass sich irgendetwas erneuert. Ich schätze, es bedarf einer wirklich traumatischen Erfahrung, um zu erkennen, dass der konstante Wandel das einzig Konstante in dieser Welt ist – und das auch gut ist. Denn nur durch Veränderung entwickelt sich die Welt weiter. Unabhängigkeit ist auch wichtig. Mein Leben lang hatte ich immer eine Person gehabt, auf die ich mich stützen konnte. Die mir Halt gab. Das ist nicht gut. Nur, wer alleine ist, kann seinen Weg selbst bestimmen. Nur wer alleine ist, kann wahrhaft das sein, was er sein will. Ich baute mir meinen eigenen Käfig. Nicht das System, nicht die Politik, ich. Das bemerkte ich ab dem Zeitpunkt, an dem ich beschloss, mich zu ändern. Der Einzige, der dich aufhalten kann, bist du selbst. Doch dazu später.

Ich war noch zu Hause, als mein guter Freund mich anrief und sagte, dass ich das Haus nicht verlassen solle, weil ich sonst verbrennen würde. Das erschütterte mich natürlich. Aber nicht besonders. Wenigstens ein Ausstieg aus dem tristen, immer gleichen Alltag. Ich verfolgte das Geschehen über den verzerrten Filter der Medien. Daher wurde mir klar, dass ich, wie alle anderen, am nächsten Morgen in einen Bunker musste, auch wenn mir das sehr missfiel.

So traf ich mich also um 3 Uhr morgens nach einer Nacht mit sehr wenig Schlaf mit meinem guten Freund und seiner Freundin. Habe ich seine Freundin schon erwähnt? Er hatte ja neuerdings eine Freundin. Ich sah ihn deshalb kaum noch; es ist fast übertrieben, ihn noch einen guten Freund zu nennen. Er war eben dermaßen abgelenkt. Auch als wir im Korridor zum Bunker warteten, beschäftigte er sich fast ausschließlich mit ihr. Natürlich war mir das nicht egal. Es kränkte mich.

Wir warteten und warteten eine halbe Ewigkeit, langsam fühlten wir schon die heiße, aufgehende Sonne, den feurigen

Tod in unseren Nacken. Und da standen wir vor dem Eingang, als der Pförtner plötzlich verlautbarte, dass es nur noch zwei freie Plätze im Bunker gab. Es war für meinen guten Freund ein Leichtes zu entscheiden, dass er und seine Freundin hineingehen würden. Er sah mich nicht einmal an. Er sagte nur: „Ja, passt, wir beide!", gab seiner Freundin einen Kuss und verschwand in den Bunker. Der Pförtner hielt mich für einen völlig Fremden und sagte zu mir, dass der Bunker jetzt leider voll ist. Ich stürmte zurück an die Oberfläche. Es hätte mich in dem Moment vor lauter Schock gar nicht mehr gestört, einfach zu verbrennen. Dass er mir so in den Rücken fällt, dass er nicht einmal darüber nachdenken muss, mich einfach meinem Schicksal zu überlassen, solange er mit seiner Freundin in Sicherheit sein kann, das finde ich unentschuldbar. Ich konnte mich kaum fassen, ich fühlte nur die heißen, spitzen Strahlen der Morgensonne meine dünne, verletzliche Haut durchdringen. Der damit verbundene Schmerz war nichts im Gegensatz zu den Schmerzen, die mich innerlich quälten. Ich hätte mich genauso gut da draußen rösten lassen können, es hätte mir nichts bedeutet.

Ich stand also da, in der prallen, immer stärker werdenden, allmächtigen Sonne, als es plötzlich in mir Klick machte und ich beschloss, mir selbst noch eine Chance zu geben. Warum sollte ich leiden, wenn mein guter Freund doch der war, der sich kläglich verhielt? Warum sollte ich mir die Energie von ihm rauben lassen? Außerdem konnte er das doch gar nicht. Ich war es, der mir selbst die Energie raubte. Ich war es, der mir ständig im Weg stand. Was jemand anderes tat, konnte ich nicht beeinflussen. Aber was das mit mir tat, sehr wohl. Ich bin es, der entscheidet, welche Art von Energie ich erzeuge. Ich bin es, der bestimmt, was mit mir geschieht. Und kein anderer. Ich gehe keinen Weg, den mir irgendjemand zurechtlegt, ich erschaffe einen Weg. Denn der Weg ist nur da, wenn wir darauf gehen. Solche Erkenntnisse kommen meist erst dann, wenn man so weit unten liegt, dass man kaum noch tiefer in den Abgrund stürzen könnte. Dann, wenn man allein ist und nichts mehr hat außer sich selbst und begreift, dass das alles ist, was zählt und alles, was den Lauf des Lebens bestimmen kann. Diese Einsicht ist der erste Schritt auf dem selbsterschaffenen Weg.

Ich stand also da, mit Brandnarben übersäht, und stellte fest, dass ich, ich allein, gerade alles ändern konnte. Ich ging durch diese Feuerwüste hindurch und fand einen anderen Bunker, der noch Menschen aufnahm. Es war gegen zehn Uhr vormittags als ich eintraf. Es war dieser eine Bunker, in dem wir uns jetzt in diesem Augenblick befinden.

Mir wurde ein Zimmer zugewiesen. Ein Einzelzimmer. Und das erste Mal in meinem Leben, in meinem gesamten Leben, war ich wirklich einfach nur froh, allein zu sein. Ohne irgendwelche illoyalen Freunde, ohne einer Freundin, ohne allen. Einfach nur ich, der sein Leben selbst bestimmte.

Doch meine Stimmung drückte sich in den darauffolgenden Tagen wieder. Denn es machte mir dennoch sehr zu schaffen, was mein guter Freund mir da angetan hatte. Auch wenn ich wusste, dass ich selbst es bin, der sich hier quält, ich sah einfach keinen anderen Weg, damit umzugehen. Außerdem: Was soll ein Mensch, der nicht weiß, was ihm gefällt, auch wenn er weiß, dass er allein dafür verantwortlich ist, aus seinem Leben machen? Was denn?

Den ganzen Tag verbrachte ich mit Trübsal blasen. Dabei sah

ich mir diese Bunkeranlage an. Ich kannte hier niemanden. Ich war komplett auf mich alleine gestellt. Alles fremd, alles neu, alles anders. Wie gesagt, ich mochte Veränderungen damals noch nicht. Es war mir mehr als unangenehm. Abends ging ich zu jenen Reden des Vorsitzenden, Gustav Kastner. Und dabei stellte ich fest, dass der Mann keinerlei Kompetenzen besaß. Ich meine, er war eine sehr, sehr schwache Person. Er wusste nicht, wie man sich in einer Führungsposition verhält. Das war eindeutig. Und er war dabei, den Bunker ins Verderben zu stürzen. Doch wer war ich, mich da einzumischen. Ich war doch ein Niemand. Ein einfacher, unwichtiger Insasse, der mit seinem Leben nichts anzufangen wusste. Ich hatte Angst davor, etwas zu verändern. Ich weiß nicht, wieso. Vermutlich, weil ich Angst davor hatte, dass es sich zum Schlechteren verändert. Sehen Sie, auch ich unterlag der Täuschung von Gut und Schlecht!

Ich beschloss, wegen des Kummers, den ich hatte, der Bar einen Besuch abzustatten. Ich ging das erste Mal seit langem bewusst irgendwo hin, ohne es mir mit jemandem auszumachen, ohne, dass es mir jemand aufgetragen hatte. Befremdlich. Es waren kaum Menschen dort. Der Barmann, Fred nannte er sich, war äußerst erfreut, einen neuen Gast zu sehen. Es waren zwar zur Gänze oberflächliche Gespräche mit ihm, doch es war das erste Mal seit der Katastrophe, dass ich überhaupt mit jemandem sprach. Er fragte mich, was ich arbeite, wo ich wohne, ob ich eine Frau habe und so weiter. Und über die Wirtschaft sprach er. Oh, wie ich es hasse, über die Wirtschaft zu sprechen! Es ist so unnütz, es ist eine solche Lappalie, die von der breiten Masse als wichtig erachtet wird. Geld, Geld, nur Geld ist wichtig, nicht mehr und nicht weniger. So oder so ähnlich formulierte es Fred.

Es klang fast schon ein wenig ironisch von ihm, als hätte er es mit einem kleinen Augenzwinkern gesagt. Doch ich bin mir dessen nicht sicher. Sicher ist nur, dass der Großteil der Systemmenschen tatsächlich so denkt. Sie grenzen alles ein: nicht mehr und nicht weniger. Sie sehen nicht, dass alles verändert werden kann. Sie sehen die unendlichen Möglichkeiten, die wir haben, nicht. Gefangen sind sie – in ihrem eigenen Käfig. Wie ich es selbst lange war.

Ich setzte mich an einen Tisch, um mein Getränk zu trinken und mich – wie ich hoffte – meiner Sorgen zu entledigen. Außer mir saßen noch vier Stammgäste an zwei Tischen in der Bar. Die einen beiden waren wohl eher einfache Leute, die wahrscheinlich beinahe täglich ins Glas schauten. Die anderen waren das gleiche, aber mit mehr Arroganz. Einer von ihnen trug ständig einen Anzug, der andere war wohl sein Kollege. Es mag sein, dass der Name des Mannes im Anzug Thomas Maier war.   Doch ein weiterer Gast kam noch ins Lokal. Na gut, zwei weitere Gäste. Margit Kopf und ihre unsichere Freundin. Ich hörte von der Weite schon, wie diese Frau zu politisieren begann. Sie hinterfragte alles und jeden, was ich ja an und für sich nicht verwerflich, sondern eher schon wünschenswert finde, aber diese Frau, naja, wie soll ich sagen, sie wirkte... etwas realitätsfern. Ja, so sagt man das.

Ich ging zurück in die Wohnung und versank dort tief in destruktiven Gedanken. Ich dachte so viel nach, denn ich hatte nun seit langem wieder Zeit zum Nachdenken – so allein, wie ich war. Ich dachte zurück an die Zeit mit meinem illoyalen Freund. Auch an meine Ex-Freundin dachte ich wieder. War es vielleicht wirklich so, dass ich mir einfach nur eine Freundin, ein Haus und eine sichere Arbeit suchen musste, wie es einem ständig eingetrichtert wird? Ist das der Sinn des Lebens? Ich konnte mir darauf keine klare Antwort geben. Es könnte doch alles Schwachsinn sein. Es könnte bloßer Schwachsinn sein, dass ich meinen eigenen Weg gehen muss. Oder dass ich allein sein muss, um wahrhaft meiner Bestimmung nachzugehen. Oder hatte ich denn überhaupt eine? War ich nicht lediglich selbst dumm und schwach, wenn ich keine Arbeit fand, die mir zusagte? Sollte ich mich einfach dort einreihen, wo es mir am wenigsten zuwider war? Ich sah aber keinen Sinn darin, etwas zu tun, wenn ich nicht wüsste, was ich wollte. Aber gibt es denn überhaupt Sinn? Das zerfraß mich weiter und weiter.

Eines Tages, als ich wieder in die Bar ging, um mich an den immer gleichen Tisch zu setzen und etwas zu trinken, kam der Moment, in dem sich mein Leben für immer veränderte. Am Tisch, auf dem Set, welches das kondensierte Wasser an den Rändern meines Glases daran hinderte, den hölzernen Tisch einzuweichen und sich dadurch schon beinahe selbst zersetzte, erblickte ich, als ich deprimiert nach unten sah, einen Satz, der mich von da an mehr prägte als alles, das ich in meinem bisherigen Leben gelesen hatte:

Du spielst eine Rolle. -Charly IV

Es war am vorherigen Tag noch nicht auf dem Tisch gestanden. Ich befürchtete erst, dass irgendjemand mich einfach aufmuntern wollte, weil er meinen deprimierten Gesichtsausdruck nicht länger ertragen konnte. Wie ich es hasse, wenn mich jemand aufmuntern will. Das bringt mir doch nichts, es ändert nichts an meinem aufgewühlten Inneren, das einem Gewittersturm apokalyptischen Ausmaßes gleicht, dem nun von einem unwissenden, naiven Unbeteiligten ein

Regenschirm entgegengehalten wird. Ich schüttelte den Kopf und sah mich erst einmal in der Bar um. Wer von diesen Gestalten es wohl gewesen sein mag, der so etwas schrieb. Da sah ich, wie der Barmann mich immer wieder anblickte. Wollte er womöglich überprüfen, ob ich seine Botschaft schon gelesen hatte? Ja, das wäre möglich. Nun hielt ich die Chance für nicht gering, dass unser guter Herr Fred mich aufmuntern wollte und sich Charly IV nannte. „Oh, mysteriös!", dachte ich mir, „Da hält sich wohl jemand für besonders schlau."

Außerdem, was sollte diese Aussage. *Du spielst eine Rolle.* „Ich bringe mich ja nicht um! Keine Angst, lieber Fremder! Also, lieber Charly! Aber ich glaube ja wirklich nicht, dass ich in dieser Geschichte eine Rolle spiele!", dachte ich mir. Dachte ich mir. Ja, das dachte ich mir.

Entnervt ging ich in mein graues Verließ von Wohnung zurück und versuchte, mich erneut der Versuchung, in Selbstmitleid zu versinken, hinzugeben. Doch der Satz wollte mir nicht aus den Gedanken entschwinden. Ein hartnäckiger Gedanke, so hartnäckig, als würde er wollen, dass ich ihn nochmals überdenke. Und das tat ich auch. Ich hinterfragte. Das Hinterfragen ist meist der Schlüssel zur tieferen Erkenntnis. *Du spielst eine Rolle. Du spielst eine Rolle.* Jedes Wort ließ ich mir auf der Zunge zergehen. Mehrmals. Stundenlang.

Wissen Sie, worauf ich hinauswill, Herr Templ?-

„Keine Ahnung! Dass Sie eine Rolle spielen?", spottete Caspar sarkastisch.

„Sie haben es erfasst!", antwortete Ludwig grinsend.

„Sie selbstverliebter Narzisst."

„Pleonasmus."

„Was?“

„Ach nichts.“

„Worauf wollen Sie hinaus, Weber?“

Ludwig lachte. „Sagten Sie doch! Dass ich eine Rolle spiele!“

„Verdammt nochmal, wollen Sie mich hier für dumm verkaufen?“, wurde Templ langsam aggressiv.

„Sagen Sie es mir doch!“, provozierte Weber weiter.

„Also, jetzt reicht’s aber langsam mit ihrer idiotischen Spielerei!“

„Schon gut“, sagte Weber gelassen, „Ich will einfach, dass Sie selbst darauf kommen.“

„Worauf?“

„Auf die Bedeutung des Zitates.“

„Dass Sie eine Rolle spielen, Herr Vorsitzender?“

„Sie spielen auch eine Rolle.“

„Oh, so freundliche Worte vom Herrn Überheberweber!“

„Alle spielen eine Rolle.“

„Bitte? So nächstenliebend?“

„Doch nur die wenigsten wissen es.“

„Ach kommen Sie schon, jetzt kommen Sie doch endlich zum Punkt!“

„Mache ich doch schon die ganze Zeit. Sie verstehen es nur nicht.“

Caspar schwieg.

„Es ist so, wie die Kirche es vom Leib Christi behauptet. Lassen Sie es sich einfach auf der Zunge zergehen und die Antwort wird sich Ihnen offenbaren.“

Caspar lachte.

„Ich meine es ernst.“

Caspar wollte sich nach kurzem Zögern und mit großer

Überwindung darauf einlassen. Er überlegte fieberhaft und murmelte vor sich hin: „Du spielst eine Rolle, du spielst eine Rolle, du spielst eine ... eine Rolle."

Nun sah er auf und öffnete leicht den Mund vor Staunen. „Du spielst eine Rolle."

Ludwig lächelte und meinte fast väterlich: „Jetzt haben Sie es verstanden, Templ. Erklären Sie es mir."

„Es ist ... vielleicht nicht das, was sie erwarten."

„Nur zu."

„Das Leben. Es ist wie ein Schauspiel. Und Sie, Sie spielen nur eine Rolle. Sie sind nicht Sie. Sie sind nicht die Rolle. Sie sind der, der die Rolle von hinten steuert."

„Exakt. Sehr gut.", rief Weber zufrieden.

„Im Unterschied zum Theater, kann im Leben jedoch jeder seine Rolle modifizieren, jeder kann seine Rolle verändern."

„Ja, weiter."

„Die Rolle ist aber nicht wahr, sie ist eben nur eine Hülle, ein Äußeres. Alles, was uns in unserem Leben widerfährt, widerfährt demnach nur unserer Rolle und braucht uns nicht zu kränken."

„Perfekt. Sehen Sie, Templ? Es geht doch!"

Caspar blickte seinen Kontrahenten fast schon hypnotisiert an und sagte nur leise: „Fahren Sie fort."

-Diese Erkenntnis, diese überaus wichtige Erkenntnis, machte ich in meinem tiefsten Elend, liegend in meinem Bett und scharf überlegend. Und plötzlich tat sich ein Portal auf, ein Portal in ein neues Leben. Eine gänzlich neue Palette an Möglichkeiten legte sich mir dar. Ich begriff, dass es mich nicht zu kränken brauchte, was alles passiert war. Dass alle Probleme, wenn man sie von der Beobachterperspektive aus betrachtet, verschwindend klein sind. Dass so gut wie jeder andere denkt, er wäre selbst betroffen, wenn seiner Rolle etwas passiert. Es ist so kläglich eigentlich, so leicht zu erkennen und doch so unerkennbar für die Masse, weil sie nicht fähig ist, einen Schritt nach hinten zu machen und das ganze Bild zu betrachten.

Sie halten ihre Rolle für ihr Selbst, doch ihr Selbst ist eigentlich das pure Bewusstsein, das objektive Bewusstsein. Das, was übrigbleibt, wenn sowohl die Gedanken, als auch der Körper nicht mehr existieren. All das unterliegt der Täuschung, das Selbst zu sein, obwohl es doch nur vom Selbst gesteuert wird. Diese Probleme, die die Rolle betreffen, sind alle nur wie Reflexionen an der Oberfläche eines Sees, auf dessen Grund die Wahrheit liegt, die unerreichbare Wahrheit, die verhindern, dass die Sicht auf diese frei wird. Genau solche sind Arbeit, Unterhaltung und Liebe. Doch genau das zu begreifen, das bringt einen schon ein ganz schönes Stück tiefer in den See. Es ist alles nur eine einzige Rolle.

Das ließ mich sprachlos im Refugium meiner Rolle zurück. Es machte mich sprachlos über die pure Genialität dieses Denkanstoßes, es machte mich sprachlos über die unendliche Tiefe und unglaubliche Wahrheit dieser Erkenntnis. Alles hatte sich gerade für immer verändert. Für immer. Mein gesamtes Leben. Ich war ein neuer Mensch. Ich war eigentlich kein Mensch mehr. Ich war ein Bewusstsein, das sich in der Lage sah, seine menschliche Rolle zu modifizieren und mit stoischer Ruhe den Lauf dieser Geschichte zu beeinflussen. Indem ich eine Rolle spielte. Dieser Bunker brauchte einen starken Anführer. Jemanden, der die Menschen vor sich selbst beschützt. Jemanden, der die Initiative ergreift und diesen unfähigen Kastner von seinem Leid erlöst. Jemanden, der durchschaut, was in den Menschen vor sich geht und jemanden, der weiß, was die Menschen zum Überleben brauchen. Jemanden, der ungehindert von Emotionen, Täuschungen und Selbsteinschränkungen handelt. Und wer könnte das besser als jemand, der eine Rolle spielt?

Es hatte mir so unendlich viel weitergeholfen. Ich wusste nun, dass ich selbst meine Bestimmung bestimmen kann. Dass das alles aber nicht wichtig war. Dass ich einfach meine Rolle spielen und mich daran erfreuen konnte, was auch immer ihr passierte, als wäre es ein spannender Film. Es passierte doch schließlich nicht mir, sondern Ludwig Weber.

Mein nächster Schritt war der Versuch, herauszufinden, wem ich diesen Sinneswandel zu verdanken hatte. Ihm gebührte schließlich Dank. Mein erster Gedanke war, dass es der Barmann sein musste. Er war der einzige, mit dem ich mich unterhalten hatte, seit ich in diesem Bunker war. Außerdem – diese ironisch angehauchte Aussage über das Geld. Es konnte kaum ein anderer als er sein.

Ich beschloss, ihn einfach in der Bar nach Charly IV zu fragen. Also ging ich zum Tresen und fragte den Gläser auswaschenden, müde vom Alltag dreinblickenden Fred, ob er noch einen Rat für mich hätte. Seine Antwort war: „Geht's der Wirtschaft guad, geht's Ihnen a guad!"

Ich sah ihn verwundert an und bat ihn darum, mir einen etwas tiefgründigeren Ratschlag zu geben.

Er sah mich böse an und sagte: „Wenn das Geschäft nicht läuft, können Sie Ihren tiefgründigen Ratschlag auf der Straße bedenken!" Ich war dadurch äußerst verwirrt.

„Nicht mehr und nicht weniger!", rief Thomas Maier von

hinten dazwischen.

„Ich sehe das genauso! Nicht mehr und nicht weniger!", meinte auch sein Kollege.

Ich wusste erst gar nicht, wie mir geschah. Dann begriff ich, dass Charly mir umgeben von Menschen in ihrer niedrigen Bewusstseinsebene wohl kaum etwas so Tiefgründiges mit auf den Weg geben konnte. Diese Systemmenschen würden ihn dafür lynchen! Dann könnte er ihnen nichts mehr vorspielen. In seiner Rolle. Da wurde mir erst bewusst, wie brillant das eigentlich war. Er spielte seine Rolle so, dass er nicht auffiel. Bei der Masse war er bekannt als Fred, der dir immer ein Bier spendiert, bevor du heimgehst und mit dir über die schlechte Wirtschaftslage schimpft. Und nicht als revolutionärer Denker. Dennoch lernte er in der Bar alle möglichen Leute kennen und konnte so herausfiltern, wem er Denkanstöße geben sollte und wem nicht. Ein wahrhaft mächtiger Mann. Aber nur so wenige wussten über seine Macht Bescheid.

Es tat mir fast schon leid, dass ich ihn so entblößt habe. Ich hatte es eben noch nicht begriffen. Ich beschloss, ihm so zu antworten, wie er mir geschrieben hatte: auf dem Set aus Papier auf meinem Tisch in der Bar. Ich schrieb:

„Ich habe es verstanden und möchte Ihnen danken. Wenn Sie Zeit haben, kommen Sie bitte abends für ein kurzes Gespräch zu meiner Wohnung. -Weber"

Unten fügte ich noch meine Wohnungsnummer bei. Dann zog ich von dannen.

Ich wartete voller Vorfreude mit hohen Erwartungen in meiner Wohnung. Von diesem Abend erwartete ich mir mehr Ratschläge, mehr geniale Denkanstöße, schlichtweg eine neue Richtung für meinen Weg.

Aber mich überraschte sehr, wer letztendlich vor meiner Tür stand. Es war nicht wie erwartet der Barmann Fred, sondern ein Pfarrer. Das hatte ich bei Gott nicht kommen sehen. Ich stand da im Türrahmen, wurde ganz perplex und fragte leise: „Charly?"

Der Geistliche lächelte und meinte: „Charly kann sich nicht persönlich mit Ihnen treffen. Er muss seine Identität schützen. Aber er bietet Ihnen an, einen Briefaustausch zu starten, Herr Weber."

Ich überlegte nicht lange und rief impulsiv: „Ja! Gerne!"

„Das würde folgendermaßen funktionieren", fuhr der Alte fort, „Er schickt seine Briefe über mich zu Ihnen und Sie schicken Ihre Briefe zu meiner Wohnung, wo er sie dann im Vertrauen abholt."

„Einverstanden."

Dann gab er mir seine Wohnungsnummer. Im Gehen sagte er noch: „Er lässt außerdem ausrichten: Er wird Ihnen keine Ratschläge geben. Oft hört man das Sprichwort: Ich kann dir den Weg nur zeigen, gehen musst du ihn selbst. Er meint aber, dass er Ihnen nicht einmal einen Weg zeigt. Er zeigt Ihnen, dass Sie den Weg erschaffen können. Der Friede sei mit Ihnen, Herr Weber."

Ich erinnere mich noch sehr gut an das Lächeln dieses Mannes, als er im Korridor verschwand. Konnte es denn sein, dass er Charly war? Aber woher würde er mich kennen? War ich ihm vielleicht irgendwo schon einmal begegnet? Es schien mir rätselhaft. Äußerst rätselhaft.

Vielleicht stimmte es aber, was er sagte und Charly wollte wirklich bloß nicht gesehen werden. Wäre auch äußerst geschickt von ihm, den Pfarrer als Boten zu engagieren.

Immerhin unterlag er der Schweigepflicht. Er wäre gezwungen, die Identität des Denkers geheim zu halten.

Wieder einmal ließ ich mir das Zitat durch den Kopf gehen. „Er zeigt mir nicht den Weg, sondern, dass ich den Weg erschaffen kann. Dass ich den Weg erschaffen kann. Den Weg erschaffen."

Ja, das schien einleuchtend. Ich bestimme das Drehbuch. Ich bin nicht nur der Schauspieler, sondern gleichzeitig der Regisseur und der Drehbuchautor meiner Rolle.

„Na dann!", dachte ich mir, „Schreiben wir mal ein spannendes Drehbuch für diesen Bunker!"

Es wurde Zeit für meinen ersten Auftritt. Und der sollte gelungen sein.

Ich fand heraus, dass ich möglichst viel wissen musste, um mich im Bunker mächtiger werden zu lassen. Überall sah ich mich um, ging mit offenen Ohren durch die Gänge und blieb stets aufmerksam. Das rentierte sich bald.

Ich bekam mit, dass dieser Politiker namens Alfons Petric, aus der Richtung, in der der Eingang lag, kommend, mit dem Vorsitzenden Kastner ganz hysterisch diskutierte. Als ich näher hinhörte, bekam ich auch mit, was das schicksalshafte Thema war: Flüchtlinge. 10 000 Flüchtlinge. Und die beiden müssten sich unbedingt mit ihrem Banker darüber beraten, weil – ich zitiere: „So eine neugierige Gurken und irgendein Trottel, der daneben war, alles gesehen haben und bestimmt alle aufhetzen!"

Ich schätze, da waren wohl Sie und ihre Cousine gemeint!-

„Das gibt's ja nicht! Die wollten das wirklich vertuschen! Ohne uns wären diese Leute gestorben! Rosa wäre gestorben, wenn's nach diesen verdammten Politikern gegangen wäre!", regte sich Caspar auf.

„Ganz genau so ist es, Templ", entgegnete Ludwig, „Zum Glück haben wir etwas getan."

Caspar wartete kurz und nickte dann, woraufhin Ludwig seine Erzählung fortsetzte.

-Ich hatte genug gehört, um gegen Kastner zu polarisieren. Ich beschloss, in die Bar zu gehen. Dort polarisierte es sich schließlich am besten, unter diesen wenig kritischen Menschen. Ich hörte von weitem schon die gnädige Frau Kopf mit ihrer Freundin über Kastner herziehen. Kurz atmete ich durch und beschloss dann, meinen ersten Auftritt zu wagen und in das Gespräch einzusteigen.

„Sie bringen's auf den Punkt!" war mein erster Satz als Politiker. Ich versuchte, Frau Kopf geschickt noch mehr gegen Kastner aufzuhetzen, indem ich ihre Argumentation erst einmal unterstützte und dann weitere, vernichtende Argumente vorlegte. Der Trick, um sich Gehör zu verschaffen, ist, dem Gegenüber mit ähnlicher Sprache zu begegnen. Dann fragte ich, obwohl ich die Antwort ja kannte, ob sie denn schon über die 10 000 Flüchtlinge Bescheid wusste. Natürlich führte das zu Entsetzen. Ich dramatisierte es auch so gut wie möglich.

„Die verbrennen bei lebendigem Leibe! Und was macht der Kastner? Sich mit seinem Banker beraten!", sagte ich.

„Machen Sie da was!", meinte Frau Kopf damals zu mir. Und genau das hatte ich auch vor.

Kastner war leicht zu knacken. Er war ja vielleicht ein lustiger Geselle, aber er konnte absolut nicht mit Druck umgehen. Außerdem war der Euphemismus sein bester Freund. Er konnte sich nie eingestehen, dass etwas gewaltig schieflief. Bei der Schönrederei und diesem Mangel an Fakten war es kein Wunder, dass das Volk ihn kaum ausreden ließ. Es war eine Folge seiner Inkompetenz. Sobald es für ihn brenzlig wurde, schickte er seinen Banker nach vorne, der seinen Kopf aus der Schlinge ziehen sollte. Das ist doch kein Anführer! Das ist ein Zustand! Ein Zustand, der behoben werden musste. Er fühlte sich doch wahrscheinlich selbst nicht wohl in seiner Haut. Ein Leben lang untätig als stiller Abgeordneter im Parlament gesessen, vielleicht ein, zwei Mal aufgezeigt, aber niemals unter Druck gestanden, niemals mit der Aufgabe konfrontiert, eine Masse zu kontrollieren. Und dann kommt plötzlich die Katastrophe und er ist in diesem Bunker der einzige seiner Sorte. Toll, nicht wahr? Nur ein Berater und ein Kollege, sonst niemand. Und der Kollege war schlau genug, um einzusehen, dass er kein geschaffener Anführer war.

Diese Flüchtlingsproblematik hatte außerdem nur einen einzigen Ausweg. Ich weiß, sie hören es nicht gerne, Templ, aber der einzige Ausweg war, das Volk unter Kontrolle zu bringen. Würde man die Flüchtlinge sterben lassen, würden 10 000 unschuldige Menschen ihr Leben verlieren. Das kann kein Politiker verantworten. Würde man die Flüchtlinge hereinlassen, würden die Aufstände in der Bevölkerung so enorme Ausmaße annehmen, dass dadurch Menschen schwer verletzt würden oder ebenfalls ihr Leben lassen müssten. Die Option, die den meisten Menschen das Leben rettet, die das Überleben unseres Bunkers sichert, die am wenigsten Schaden anrichtet, war, die Reserven an Medikamenten anzureißen und die Aufständischen damit zu sedieren. Und die einzig richtige Lösung für einen Politiker sollte die sein, die dem Volk am meisten hilft und vergleichsweise am wenigsten Schaden anrichtet. Es war keine optimale Lösung, ich weiß. Aber es war die Lösung, die am wenigsten Schaden angerichtet hätte. Also wenn Sie es nicht aufgedeckt hätten. Können Sie das irgendwie verstehen?-

„Es … war … einfach nicht in Ordnung.", stammelte Caspar.
„Denken Sie das wirklich oder nur, weil Sie denken, dass Sie das denken müssen? Verlassen Sie doch jetzt bitte für einen kurzen Moment Ihre Rolle als Caspar Templ. Und antworten Sie dann."
„Die Würde, die Freiheit des Menschen."
„Ist der Mensch denn je frei, wenn er sich selbst in Ketten legt?"
„ …"
„Eine Reflexion auf dem See."
„ …"
„Diese Rolle war nötig, um die Rollen der anderen zu erhalten."
„Sie haben ja recht. Ich gebe es zu. Ich muss mich bei Ihnen entschuldigen. Sie hatten von Anfang an recht, Herr Vorsitzender."
„Ludwig", sagte jener und streckte seine Hand aus.
Kurzes Zögern.
„Caspar"
Die beiden reichten sich die Hand und hielten einen Augenblick inne.

-Mein nächster Schritt bestand darin, Kastner und seinen Anhang aufzusuchen. Ich ging zum Besprechungszimmer, klopfte an, erhielt eine abweisende Antwort und öffnete die Tür dennoch. Da sah ich drei klägliche Gestalten, allesamt mit verschwitzter Stirn und angespannten Gliedern, der eine inhaltsloser als der andere, darüber diskutieren, ob die

Flüchtlinge hereingelassen werden sollen.

„Wer sind Sie, was wollen Sie?", fragte mich Kastner ganz hektisch.

Daraufhin spielte ich meine eiskalte Rolle: „Ich bin hier, um Ihnen ein Angebot zu machen, Herr Kastner. Ludwig Weber mein Name."

„Dafür habe ich jetzt wirklich keine Zeit.", fauchte Kastner und fuchtelte mit seiner Hand in Richtung Tür.

„Ich biete Ihnen an, Ihre Funktionen zu übernehmen. Das scheint Ihnen alles zu viel zu werden."

„Schluss damit!", brüllte Petric dazwischen. „Alles bleibt hier so, wie es ist."

„Da ist die Tür. Wir haben wichtige, politische Angelegenheiten zu lösen!", erklärte der Banker mit aufgewühlter Gestik.

„Von denen Sie scheinbar nichts verstehen.", antwortete ich ganz ruhig, „Lassen Sie die Flüchtlinge verbrennen, wird das Volk Sie hassen, weil sie unschuldige Menschen auf dem Gewissen haben. Lassen Sie die Flüchtlinge herein, wird das Volk Sie hassen, weil Sie erstens gezögert haben und zweitens ihnen ihren Luxus genommen haben. Ausweglos für Sie!"

„Und Sie haben eine bessere Idee?", meinte Kastner entnervt.

„Mag sein. Doch die kann ich nur in die Tat umsetzen, wenn ich Vorsitzender bin. Denken Sie über mein Angebot nach, Kastner. Es geht um *Ihren* Kopf!", sagte ich langsam mit einem Lächeln und verließ das Zimmer.

Noch am selben Tag ließen die heiligen drei Könige die Pforten öffnen und gewährten den armen Verbrannten Unterschlupf. Doch mit genau den Folgen, die ich ihnen prognostiziert hatte. Aufstände verheerenden Ausmaßes. Gewalt. Zerstörung. Leid. Ich ging in die Bar, um mich nach der aktuellen Stimmung des

Volkes zu erkundigen. Frau Kopf erwartete mich schon freudig. Ich war ihr ein wenig sympathischer, als mir lieb war, ehrlich gesagt. Wir kannten uns schließlich kaum und sie redete mit mir, als wäre ich ihr bester Freund.

Jedenfalls versicherte ich ihr, dass meine Machtergreifung im Gange sei und sich bald alles ändern würde. Sie war natürlich immer noch sehr gegen Kastner und seine Regierung gestimmt. Ich wusste genau, dass er dem Druck bald nachgeben würde. Er war schwach. So schwach.

Am Abend jenes schicksalhaften Tages ereignete sich schließlich der von allen längst herbeigesehnte, alles verändernde Paradigmenwechsel.

Kastner zerschmetterte wie ein Ei, das zu hohem Druck ausgesetzt wurde. Er konnte nicht mehr. Gebrochen ließ er die Bühne hinter sich und gab seine Rolle ab. Er ging auf mich zu und sagte: „Wenn Ihr Angebot noch gilt, würde ich es gerne annehmen." Natürlich bejahte ich und wurde so zum Vorsitzenden dieses Bunkers.

Ich betrat die Bühne und hielt meine erste offizielle Rede, in der ich einiges ankündigte, – das Volk hatte Hoffnung in mich – aber auch nicht zu viel, um es nicht in Misstrauen zu stürzen. Dein Christoph kritisierte mich aufs Äußerste, also sah ich mich gezwungen, ihn zum Schweigen zu bringen.-

„Ich wusste es doch!", rief Caspar entsetzt.

„Aber doch nur mit Worten, Caspar. Das reicht bei den meisten Menschen schon. Ich habe geblufft."

„Oh ... ich verstehe. Tut mir leid."

-Dann stand mir aber der wohl schwierigste Schritt bevor: Die anderen Mitglieder der Regierung von meiner Idee zu überzeugen.

Kastner und sein Banker zogen sich zur Gänze zurück. Sie wollten nichts mit mir zu tun haben. Herr Petric aber wurde zum Überläufer. Scheinbar war seine einzige Intention, der Regierung anzugehören. „Wichtig" zu sein. Er war kein Mann, der viel tat. Er war nur da. Er war ein Randcharakter, der nie viel Aufsehen erregte und ohnehin nichts tat, ohne vorher den Vorsitzenden zu fragen. Also ein meinungsloser Handlanger, mehr oder weniger. Eine rechte, ausführende Hand. Perfekt.

Er war der erste, mit dem ich mich unterhielt. Da versuchte er mir weiszumachen, dass Kastners Bedingung für den Rücktritt war, dass seine ehemalige Beraterin aus dem Parlament, Sarah Rauch, die sich bisher nicht beteiligen wollte, ein Mitglied meiner neuen Regierung werde. Das fand ich absolut idiotisch. Erstens, konnte er mir das nicht einmal selbst sagen? Und zweitens, wieso jetzt so plötzlich? Will er mich überwachen? Ich verstehe, dass er Angst vor mir hat, aber das war ja nun wirklich nicht nötig. Petric bestand aber darauf. Ich gab nicht nach, ich wollte mir diesen Schwachsinn nicht bieten lassen.

So suchte ich Kastner persönlich auf und fragte ihn, was das solle.

„Petric übertreibt", stammelte dieser, „Es ist ja nur; Sarah war eine sehr gute Beraterin und würde so gerne ihre Ideen vorbringen, wie das Leben im Bunker verbessert werden kann. Ihr ging es ja in letzter Zeit nicht so gut, aber jetzt geht es ihr blendend, nur, ja, deshalb war sie nicht in meiner Regierung, aber ich bitte Sie, geben Sie ihr eine Chance, sie macht es ja wirklich gut."

„Genug davon!", unterbrach ich ihn.

„Nein, nein, es ist keine Bedingung. Ich wollte sie nur vorschlagen. Bitte, ich will einfach nur meine Ruhe wieder, bitte."

„Beruhigen Sie sich", versuchte ich das Gespräch zu verkürzen, „ich werde ein Gespräch mit Ihrer Sarah führen und sehen, ob sie in meine Regierung passt. Ich werde Sie hier ganz sicher nicht noch einmal stören. Wiedersehen."

Diese klägliche Gestalt, dieser zerbrochene Ex-Vorsitzende war wirklich ein Anblick, den ich mir kein zweites Mal zumuten wollte. So stimmte ich eben zu, mit dieser Frau Rauch zu sprechen. Es war ein Fehler, wie ich jetzt weiß. Wahrscheinlich mein größter in diesem Bunker. Ich hätte Kastner ignorieren sollen. Aber ich konnte es ja nicht wissen. Immerhin brauchte ich einige helfende Hände in meiner Regierung. Zu viele sollten es zwar nicht sein, aber zu wenige auch nicht. Außerdem hätte das dem Ruf meiner Rolle gehörig geschadet, wenn ich sie einfach ausgeschlossen hätte.

Ich unterhielt mich also mit Frau Rauch. Sie machte einen relativ kompetenten Eindruck. Besser als Kastner wäre sie für den Vorsitz auf jeden Fall geeignet gewesen. Ihre Ideen drehten sich hauptsächlich darum, die Infrastruktur sowie das allgemeine Wohlbefinden qualitativ aufzuwerten, beispielsweise durch einige Eingriffe in den Speiseplan, einer Freigabe des Golfplatzes untertags, sobald die Flüchtlinge aufstünden, und so weiter. Qualitative Aufwertung des Bunkerlebens stand auch in meinem Programm an oberster Stelle, so beschloss ich, sie in die neue Regierung zu integrieren, als Infrastrukturbeauftragte.

Am nächsten Morgen ordnete ich eine inhaltliche Besprechung an und setzte mich mit Petric und Rauch an einem Tisch, um meine Vorgehensweise anzubieten. Meine Rede überzeugte sie, also ...-

„Nicht so schnell!", unterbrach Caspar, „Die will ich jetzt hören."
„Wie? Meine Rede vor der Regierung?", fragte Ludwig überrascht.
„Ja."
„In Ordnung, einen Moment bitte."
Ludwig sammelte seine Gedanken und begann.

-Sehr geehrte Mitglieder der Regierung dieses Bunkers!
Krisen sind allgegenwärtig. Sie erschüttern unsere Alltäglichkeit wie Erdbeben einen Porzellanpalast und zwingen uns, Maßnahmen zu ergreifen. Doch hätten wir die Alltäglichkeit gewollt, hätten wir behütet und ohne Sorgen im See des Lebens dahintreiben wollen, dann hätten wir diesen Beruf nicht gewählt. Wir sind es, die hier sind, um zu handeln. Wir sind es, die hier sind, um Probleme zu lösen. Wir sind es, die hier sind, um dafür zu sorgen, dass die breite Masse behütet und ohne Sorgen dahintreiben kann.
Nun sind wir mit einem Problem konfrontiert, das, wenn es nicht von uns gelöst wird, tausendprozentig zum Ende des Lebens in diesem Bunker führen wird. Wir müssen handeln.
Doch wie können wir handeln? Unser aller Ziel ist, die Menschen am Leben zu erhalten. Möglichst angenehme Bedingungen für sie zu schaffen. Möglichst für das Wohl des Volkes zu sorgen.
Sollte der Politiker nicht alles in seiner Macht stehende tun, um diesen Zustand herbeizuführen? Sollte er auf Maßnahmen verzichten, nur weil sie wahrlich große Veränderung herbeiführen würden? Sollte er das Porzellan lieber zerschmettern lassen, anstatt es mit einem Stahlgerüst zu versehen, weil es so ehrlicher wäre?

Wir sind in einer Situation angelangt, in der einfaches, redliches Handeln den Bürger nicht mehr beschützen kann. Er wird zugrunde gehen, wenn wir ihm nicht die Sicherheit seines Systems zurückgeben. Durch die Aufnahme all dieser Flüchtlinge haben sich Aufstände entwickelt, die das Leben unzähliger Bürger, wenn nicht sogar aller in diesem Bunker, bedrohen. Wir müssen handeln.

Ich habe einen Vorschlag, wie wir dieser angeheizten Lage das Feuer aus der Luft entziehen können. Aber er ist ein Stahlgerüst! Dieses kann nur funktionieren, wenn Sie absolut auf meiner Seite sind und kein Wort nach außen dringen lassen. Ich bitte Sie daher: Handeln Sie im Sinne des Volkes!

Es gibt einen Vorrat an Beruhigungsmitteln für den Fall aller Fälle. Diesen Fall. Die einzige Möglichkeit, diese Krise zu besänftigen, wäre, diese den auffälligen Aufständischen mit ihrer täglichen Nahrung zu verabreichen.

Natürlich ist das ein massiver Eingriff, eine drastische Maßnahme. Doch auch die Situation ist sehr drastisch. Was zählt, ist doch, den Palast weiterhin zu erhalten – koste es, was es wolle. In welchem Verhältnis steht ein nicht einmal besonders schädlicher Eingriff in die persönliche Freiheit zu dem elendigen uns alle erwartenden Tod durch Ermordung?

Vielen Dank.-

„Nicht schlecht, Ludwig.", meinte Caspar, „Haben sie Dir zugestimmt?"

-Petric meinte daraufhin, dass ihm das äußerst unangenehm wäre. Frau Rauch übertönte ihn allerdings sofort: „Ich stehe absolut hinter Ihnen, Herr Vorsitzender. Ich werde dafür sorgen, dass die Mittel im Essen landen. Außerdem könnten unsere Chemiker im Labor für ausreichend Nachschub sorgen – ich werde sie vertraulich damit beauftragen."

„Sehr gut, Frau Infrastrukturbeauftragte!", entgegnete ich. Darauf sah Petric mit relativ skeptischer Miene nach unten, schwenkte kurz den Kopf nach links und rechts und meinte dann: „In Ordnung. Kein Wort an Außenstehende. Im Sinne des Volkes!"

Plötzlich, als wir gerade die genaue Vorgehensweise besprechen wollten, stand Kastners Banker vor der Tür. Er meinte, er würde auch gerne Teil der neuen Regierung werden. Zum Glück waren wir uns alle einig, ihn nicht in den Plan einzuweihen. Drei Leute waren wahrlich genug. Ich versicherte ihm, dass wir ihn, wenn nötig, als Berater hinzuziehen würden. Natürlich war dies eine Täuschung. Das hatten wir nie vor. Es wäre zu riskant gewesen.   Abends stellte ich mich dann vor die tobende Masse und stellte die neue Regierung vor. Außerdem versprach ich, die Situation in den Griff zu kriegen. Gesagt, getan. Frau Rauch schleuste das „Wasser" in die „Erde" ein. Wir mussten alles so kryptisch notieren. Um es vor neugierigen Außenstehenden wie dir zu schützen!-

„Nun ja", seufzte Caspar und presste die Lippen aneinander.

-Ich beschloss, den Plan nach meinem Mentor, dem Mann, der das alles überhaupt erst ermöglicht hatte, zu benennen. Daher Plan IV.

Es funktionierte alles wie am Schnürchen. Die Aufstände waren vorbei, alle beruhigten sich und das Leben im Bunker begann, sich wieder zu normalisieren. Trotzdem blieb ich aufmerksam. Denn wenn mir das Leben eines gelehrt hat, dann, dass es immer anders kommt. Immer. Aber so gerissen ist das Schicksal eben. Ich erwartete, dass es anders kommt, also kam es nicht anders. Erst ab dem Zeitpunkt, an dem ich nicht mehr erwartete, dass es anders kommt, kam es anders. Doch dazu später.

Die Besprechungen wurden durch die stabile Lage kürzer und vor allem auch seltener. Alles war im grünen Bereich, also hatte ich wieder mehr Zeit, um nachzudenken.

Ich kam dazu, wieder über Schicksal und Bestimmung zu philosophieren. Wenn es meine Bestimmung war, diese Rolle zu spielen, würde das dann bedeuten, dass alles vorherbestimmt ist? War es vorherbestimmt, dass ich die Rolle durchschaute und sie dann auf die Weise veränderte, wie ich sie verändert hatte? Stand alles, das passieren würde, die ganze Zeit fest? Stand es fest, dass ich hinterfragte, ob alles vorherbestimmt sei?

Oder war mein Wille frei? Konnte ich alles so verändern, wie ich wollte und damit wirklich neue Wege erschaffen, so wie Charly es mir gesagt hatte? Konnte ich mein Leben, mein Schicksal beeinflussen oder war das nur eine Illusion?

In schlechten Zeiten ist es immer ein schöner Gedanke, dass jede Erfahrung im Leben dich auf irgendetwas vorbereitet. Beziehungsweise notwendig ist. Und das hatte ich auch bereits erlebt. Alles hängt auf gewisse Weise zusammen. Beispielsweise hätte ich nie Vorsitzender in diesem Bunker werden und meine Rolle durchschauen können, wenn mein guter Freund damals mit mir in diesen anderen Bunker gegangen wäre. Ich hätte auch nicht die seelischen Voraussetzungen dafür gehabt. Diese Erfahrung war nötig, um mich an diesen Punkt zu bringen, an dem ich nun bin.

Aber ist dies eine Folge dieses Erlebnisses, die durch meinen

freien Willen entstanden ist, oder war von vornherein klar, dass dieses Erlebnis wegen der glorreichen Folgen passieren würde? Ich beschloss, Charly einen Brief zu schreiben. Der Inhalt war dem ähnlich, was ich dir gerade erzählt habe. So führte mich mein Weg zur Wohnung des Pfarrers, der meinen Brief lächelnd entgegennahm und sagte: „Charly wird Ihnen ganz bestimmt eine hilfreiche Antwort geben können. Der Friede sei mit Ihnen."
Einen Tag später erhielt ich dann tatsächlich eine Antwort:

Ein Absolutes ist nie erreichbar und kann sehr unwahrscheinlich die Wahrheit sein.-Charly IV

Im ersten Moment durchfuhr mich schieres Staunen über die Erkenntnis, die Charly mir mit auf den selbst konstruierten Weg gab.
„Ein Absolutes ist nie erreichbar." Schlüssig. Es ist nie möglich, absolut zu sein. Ich kann mich aus meiner Rolle so gut es geht lösen, aber nie absolut. Ein kleines bisschen hänge ich immer an der Rolle, egal, was ich mache. Ich kann versuchen, mich von Ablenkungen und Manipulationen zu lösen, aber nur annähernd wird es mir gelingen. Von irgendwo kommt immer ein kleines bisschen Manipulation. Genauso ist es auch umgekehrt. Ich kann zur Gänze durch meine Rolle beeinflusst werden und vollständig der Manipulation unterliegen, aber ein kleiner Schimmer freier Wille und Gedankenpotential ist immer vorhanden. Immer. Oder meistens. Absolut ist es nicht.

Aber es macht auch auf dem Gebiet Sinn, in dem ich es anwenden wollte. Ich habe zwei Absolute: Totale Selbstbestimmung oder totale Vorbestimmung. Es ist beides nicht wahrscheinlich, da es Absolute sind.

Doch worin liegt dann die Wahrheit? Das fragte ich ihn.

In der Kombination in einer höheren Sphäre.

In einer höheren Sphäre also. Wie? Das wollte mir nicht in den Kopf gehen. Ich dachte eine Weile darüber nach. Die Kombination. Das schien doch irrsinnig. Was ist die Kombination aus freiem Willen und Vorbestimmung? Das ist doch nicht möglich. In einer höheren Sphäre? Also ist beides daran beteiligt. Macht man einen Schritt zurück, dann sieht man das ganze Bild. Ja, das macht Sinn. Aber wie kann beides beteiligt sein?

Wenn ich mir die Zeit, das Leben, als Linie vorstelle, dann hat das einen Haken, denn wie soll diese Linie enden? Wohin? Als Kreis ist die Linie unendlich. Diese Form ist um einiges wahrscheinlicher.

Dieser Kreis wäre dann aber ganz eindeutig vorbestimmt. Denn er ist eine Linie. Kann ich also neue Kreise kreieren? Durch den freien Willen? Scheint auch merkwürdig.

Die Antwort liegt auf der Hand. Eine Kombination in einer höheren Sphäre: Von diesem Kreis entspringen zu jedem Moment kreisförmig, also unendlich, viele neue Kreise, die ich einschlagen könnte. Auf diesen entspringt wieder zu jedem Moment eine Unendlichkeit an neuen Kreisen. Bis der große Kreis abgeschlossen und wieder an seinen Anfang gelangt ist. Und welchen dieser entspringenden Kreise wir wählen, ist unserem freien Willen überlassen. Aber alle Kreise existieren von vornhinein. Sind also vorherbestimmt. Und das ist die Kombination in einer höheren Sphäre.-

Caspar sah äußerst verwirrt aus, runzelte die Stirn und zog eine Augenbraue hoch.

„Schwer vorzustellen, nicht wahr, Caspar?"

„Durchaus. Durchaus. Nur… bedeutet das jetzt, dass wir einen freien Willen haben oder nicht?"

„Ja und nein."

„Was?"

„Die meisten Dinge sind gleichzeitig alles und nichts."

„Du verwirrst mich nur noch mehr!"

„Weil `alles oder nichts´ keine Option ist."

„Erklär mir doch bitte einfach, ob es den freien Willen gibt oder nicht!"

„Wir können alles selbst entscheiden, aber alle Entscheidungsmöglichkeiten sind vorherbestimmt."

„Oh… okay?"

„Es ist schwer zu begreifen."

„Ja."

Ludwig lächelte.

„Soll ich fortfahren?"

„Ja… mach nur."

-Das Ganze führte bei mir zu einer mittelstarken Verwirrung. Ich konnte für mich nicht ganz entscheiden, ob mir das gefiel oder nicht. Im Endeffekt entschied ich mich zu meinem eigenen Wohl für jenen Kreis, auf dem es mir gefiel.

Ich kam zu dem Schluss, dass es letztendlich wohl unmöglich wäre, das ganz genau herauszufinden. Denn man könnte nie das eine oder das andere beweisen. Es würde immer auf irgendeine Art und Weise in der Luft stehen. Doch eigentlich war das auch nicht von Belangen. Ich spielte schließlich meine

Rolle so, wie sie mir gefiel. Welche Rolle würde es spielen, ob es vorherbestimmt ist, dass ich meine Rolle „frei" spiele?
Weiters wollte ich für mich den Sinn des Lebens eruieren. Beziehungsweise, ob dieser existiert. Gab es Sinnvolles und Sinnloses? Das konnte ich mir nicht zufriedenstellend beantworten. Ich beschloss, Charly einfach danach zu fragen. Er meinte dazu folgendes:

Ich erwürge den Gedanken der Sinnlosigkeit allein mit der Sinnlosigkeit dieses Gedanken. -Charly IV

Wow, dachte ich mir. Lass dir das auf der Zunge zergehen. Es ist so aussagekräftig. So wahr. So hoch. So schlüssig. Es war sinnlos zu denken, dass es etwas sinnlos sei. Denn es hat keinen Sinn, sich selbst zu sagen, dass etwas keinen Sinn habe. Wirklich nicht. Also ist die Sinnlosigkeit das einzige, das wirklich sinnlos ist.
Daher folgerte ich, dass mein Leben auf jeden Fall einen Sinn hat. Das Leben an sich vielleicht nicht einen ganzheitlichen, sondern jede Aktion, die in diesem durchgeführt wird. Daher rührt auch die These, dass alles dich auf etwas vorbereitet.

Nun fragte ich mich, warum dann so viele Menschen keinen Sinn in ihrem Leben sehen würden. Siehst du denn einen, Caspar?-

„Nun", meinte Caspar, „Ich glaube, der Sinn meines Lebens ist die Liebe."
Ludwig erblich. „In meinem ganzen Leben habe ich noch nie so etwas erbärmlich Verblendetes gehört!"
„Hey! Nur weil du keine Liebe finden kannst? Ich finde es eben

schön und ich brauche sonst nichts im Leben!", wehrte sich der Angegriffene.

„Aber die Liebe gibt dir nur scheinbares Glück! Sie macht dich abhängig. Sie ist wie eine Droge. Abhängigkeiten schirmen dich nur von der Wahrheit und deiner wahren Erfüllung ab."

„Du bist einfach nur wahnsinnig, so sieht's aus! Nichts ist weniger scheinbar als die Liebe! Sie ist – wie du sogar selbst angemerkt hast – auch evolutionär bedingt der älteste und ursprünglichste Sinn des Lebens!"

Kurzes Schweigen.

„Gut", fuhr Ludwig fort, „vielleicht hätte ich dich nicht angreifen dürfen. Auch ich mache Fehler, es tut mir leid."

„Ja … danke."

„Aber denk bitte darüber nach. Das kann doch nicht dein wahrer Sinn sein. Das führt zur Aufgabe deines Selbst."

„Aber das ist doch eine *schöne* Aufgabe meiner selbst."

„Mach dir nichts vor. Genau das würde mir auch ein Drogenabhängiger sagen."

„Ich bin nicht abhängig. Ich liebe nur."

„Die Abhängigkeit, die sich am wenigsten als solche ausgibt und daher auch die tückischste ist."

„Wir kommen da nie auf einen grünen Zweig."

„Warte es ab. Ich glaube, ich erzähle einfach weiter."

„Okay, mach das."

-Der Sinn, der im Leben am meisten wahre Erfüllung gibt, ist in meinen Augen die Kreativität. Die Kunst. Das Schaffen von etwas neuem. In jeder möglichen Hinsicht. Sei es das Schreiben, das Malen, das Musizieren oder aber sei es die Politik. Siehst du, die Wahrheit ist absolut, also für uns nicht erreichbar.

Nie können wir wie zuvor erwähnt etwas Absolutes erreichen, da immer auch ein kleiner Teil des Gegensatzes eines Zustandes präsent bleibt. Sei es eine absolute Kälte oder Wärme, ein absolut Gutes oder Böses oder eben die absolute Wahrheit. Wir sehen allerhöchstens verzerrte Bilder eines Schimmers der Wahrheit. Das Ganze kann man sich wie einen See vorstellen, an dessen Grund die Wahrheit liegt. Alle Menschen schwimmen in diesem See, manche erfreuen sich der Reflexionen an der Oberfläche, andere schnorcheln und sehen in weiter Ferne die Wahrheit, die durch die Brechung des Lichtes im Wasser sehr verzerrt wird, und wieder andere unternehmen sogar Tauchgänge, um die Wahrheit aus nächster Nähe zu sehen. Aber niemand kann es je schaffen, bis an den Grund zu tauchen. Der Druck ist viel zu hoch und würde zum unvermeidbaren Tod führen. Vielleicht können wir die Wahrheit nach dem Tod sehen, doch das können wir nicht wissen. Wissen können wir nur, dass wir sie im Leben nie erreichen können.

Das gebrochene Licht können wir mit unserer Wahrnehmung vergleichen. Denn was wir sehen, hören, schlichtweg wahrnehmen, ist nichts weiter als codierte elektrische Reize, die unser Gehirn interpretiert, um Illusionen zu erschaffen, die wir für wahr halten. Wir haben keine Ahnung, wie das alles in Wahrheit ist. Wir kennen nur unsere persönliche Illusion der Wahrheit. Und diese variiert auch stark, weil sie davon abhängt, wo im See wir uns befinden. Wir haben alle eine einzigartige Perspektive auf die verzerrte, unerreichbare Wahrheit. So entsteht die Illusion der subjektiven Wahrheit. Doch subjektiv ist eben nur die Illusion der Wahrheit. Manche haben überhaupt keine Perspektive darauf, weil sie die

Reflexionen an der Oberfläche für wahr halten und so niemals in Erwägung ziehen – es vielleicht sogar für absurd halten – unter die Oberfläche zu tauchen.

Doch tauchen diese Menschen unter; tauchen sie tief, dann kann das dazu führen, dass sie erschrecken. Sie denken, sie ertrinken im See der Wahrheit. Doch sie ertrinken an der Illusion, unter Wasser nicht atmen zu können, die sie dazu verleitet, die Luft anzuhalten. Denn die Wahrheit kann ihnen nichts anhaben. Nur sie selbst können sich zerstören.

Kreativität, Kunst hat da einen ganz besonderen Platz und fungiert für diese frisch Untergetauchten als imaginäre Sauerstoffflasche. Sie zeigt ihnen, wenn auch nur unterbewusst, dass ihre Illusion der Wahrheit in Wahrheit nicht die Wahrheit ist. Das schafft sie durch ihre Geschicklichkeit.

Denn der Mensch hält an seinem Standpunkt für gewöhnlich fest. Wenn ihm nun eine neue Perspektive dargeboten wird, liegt es nahe, dass er diese als falsch oder verrückt degradiert. Die Kunst legt genauso einen Schleier über die Wahrheit, wie Worte oder die Wahrnehmung. Denn die Wahrheit kann man weder in Worte fassen noch wahrnehmen. Nur ist der Schleier der Kunst etwas dicker und dadurch leichter zu durchschauen. Gerade *weil* er so auffällig ist, wird er nicht als Wahrheit angesehen – im Gegensatz zur subjektiven Illusion der Wahrheit, die durch Worte und Wahrnehmung geprägt ist – und wird daher seltener als hässlich bezeichnet und abgelehnt.

Kunst ist genau dadurch sehr wichtig und sinnvoll. Besonders, wenn man näher an der Wahrheit ist als andere, kann es den Sinn des Lebens ausmachen, die Wahrheit durch Kunst verschleiert an die breite Masse an und unter der Oberfläche weiterzugeben. Die Kunst macht die Wahrheit kompatibler. Das gelingt ihr, indem sie Sinnbilder kreiert, die in den Gedanken des Betrachters die Wahrheit induzieren.-

„Wow", meinte Caspar. „Das ist sehr einleuchtend."
„Danke", entgegnete Ludwig.
„Ich danke dir. Wirklich."
„Gerne."
„Ich glaube, ich beginne schön langsam zu verstehen."
„Das freut mich."
„Fahr bitte fort."

-Dennoch will ich niemanden bevormunden. Jeder soll seinen Sinn für sich selbst festlegen. Wenn du meinst, dein Sinn soll die Liebe sein, dann soll es so sein, schließlich ist es ursprünglicher als der selbst kreierte Sinn. Früher oder später veränderst du dich vielleicht und findest einen neuen Sinn. Der Sinn lässt sich praktisch überall finden.
In meinen Augen ist es wichtig, dabei frei, variabel zu bleiben. Weiterziehen zu können. Das Leben kann nicht immer gleichbleiben. Zumindest kein *glückliches* Leben. Veränderung ist wichtig für Erfüllung und Weiterentwicklung. Es ist wie bei einem Acker. Wenn du immer dasselbe anbaust, dann wird der Boden irgendwann ausgelaugt und nicht mehr fruchtbar sein. Du musst variieren. Und keine Angst haben. Es ist wie ein Abenteuer. Das Abenteuer des Lebens. Du musst genau diese Orte suchen, an denen du dich am wenigsten orientierst. Und zögere nicht, deine Träume zu verwirklichen. Hätte ich das nicht angewandt, wäre ich jetzt nicht da, wo ich bin. Ich habe auch nicht gewartet, die Initiative zu ergreifen. Ich habe getan, was ich tun musste.
Man muss das, was man für richtig hält, einfach tun und nicht

warten, bis es sich besser einfügt, denn es wird sich dadurch einfügen, dass es getan wird.-

„Auch wenn man Angst hat.", ergänzte Caspar.
„Auch wenn man Angst hat.", bestätigte Ludwig.
„Sollten ... sollten wir hier je wieder hinauskommen", sagte Caspar, „Dann werde ich das tun. Ich muss nur noch herausfinden, was mein Traum ist."
„Das weißt du bereits", erklärte Ludwig, „Es ist tief in deinem Inneren. Es muss nur hervortreten. Du wusstest es wahrscheinlich schon als Kind, doch die Schleier und Ablenkungen der Gesellschaft haben es dir ausgetrieben. Aber keinen Zeitdruck! Es tritt hervor, wenn es an der Zeit ist."
„Danke Ludwig. Ich hoffe es."
„Nein, nein. Nicht hoffen! Wissen! Davon überzeugt sein!"
„In Ordnung."
„Sag es!"
„Na gut. Ich bin überzeugt davon, dass es hervortreten wird."
„So ist es gut."
„Aber was, wenn wir hier nie wieder herauskommen?"
„Dann müssen wir wohl oder übel darauf vertrauen, dass wir irgendwann noch einmal eine Chance bekommen werden."
„Hm."
„Nun ja. Wir werden es sehen."
„Richtig."

-Probleme zu lösen, ist auch ein wichtiger Teil des Lebens. Oft nehmen wir Probleme viel zu ernst. Sie sind nichts als Blätter auf diesem See, die uns die Sicht auf den Grund versperren. Steine, die dort liegen, wo wir vorhatten, unseren Weg zu konstruieren. Doch zu wenige merken, wie einfach es ist, ein

Problem zu beseitigen. Man muss nur anders denken, braucht eine andere Perspektive. So sieht man an den Blättern vorbei hinunter in den See. So konstruiert man seinen Weg durch das Gebüsch um den Felsbrocken, sei er noch so groß, herum, sofern man ihn nicht zerschlagen kann. Denn dann bringt es nichts, immer und immer wieder auf ihn einzuschlagen. Man muss sich von dem Problem nur losreißen. Deshalb heißt es auch „Lösung".
Auch diesen Denkanstoß hatte ich von Charly. Er schrieb:

Die Lösung von Problemen erklärt sich von selbst. -Charly IV

Monate waren vergangen, als plötzlich etwas passierte. Du weißt genau, auf welchen Tag ich nun anspiele. Der Tag, an dem wir uns das erste Mal begegnet sind.-

„Ach! Chang Sun!"
„Genau. Chang Sun!"

-Beatrice und du, ihr standet plötzlich vor meiner Tür und wart ganz außer Atem. Keuchend sagtest du: „Vor der Tür! Ein Verletzter." Ich lief zum Besprechungszimmer, alarmierte von dort aus die Sanitäter und die Regierung. Frau Rauch erschien an diesem Tag nicht, aber Herr Petric und ich liefen zum Eingang. Der Mann wurde sofort auf die Intensivstation getragen und ich fragte ihn noch, wie er hieße. Er röchelte nur: „Danke … endlich Hilfe…" Dann schloss er die Augen und vermochte sie das nächste halbe Jahr lang nicht mehr zu öffnen. Ärgerlich. Ich hatte auf Informationen von außen gehofft, wie jeder andere auch. Aber noch bekam ich sie nicht.
Vor der Tür des Zimmers hattest du ganz ungeduldig gewartet und mich nach der Regierung und nach Maßnahmen, die diese

ergriff, gefragt. Ich sagte dasselbe, das ich immer sagte: Ich wusste nichts davon. Ich wusste überhaupt nichts davon. Das hast du mir nicht geglaubt. Aber ich hoffe, du glaubst es jetzt.-

„Ja. Ich glaube es.“
„Danke. Endlich.“
„Es ist einfach schwer, bei all diesen Lügen.“
„Die Wahrheit ist mir wichtig.“
„Siehst du, das sagst du immer. Aber das kann ich nicht ganz verstehen! Du lügst und lügst und denkst, du kannst damit Macht erlangen, doch am Ende fliegen Lügen immer auf! Sie sind nie von Dauer, wie man sieht. Sie brechen dir das Genick.“
„Und doch habe ich es durch sie geschafft, das Leben dieser Menschen um ein gutes Jahr zu verlängern. Es hat sich ausgezahlt.“
„Das mag sein, doch danach ist es aus mit dem Rollenspieler.“
„Ich glaube du verstehst das falsch. Eine Rolle zu spielen, bedeutet nicht, zu lügen und den Menschen etwas vorzumachen. Es heißt zu lernen, sich selbst bewusst zu sein, dass man sein Leben kontrollieren kann und zu tun, was nötig ist. Man kann es als Werkzeug bezeichnen, als Möglichkeit der Selbstreflexion und als wahrhafte Freiheit. Die Lüge war nur notwendig in dieser Krisensituation, um die Menschen vor dem Untergang zu bewahren.“
„Nun gut, aber dennoch… wie kannst du dann behaupten, die Wahrheit sei dir wichtig?“
„Die Wahrheit ist etwas sehr Komplexes. Und die Menschen brauchen ihre Illusionen, sonst verfallen sie im Chaos. Ich habe stets nur jene Illusionen erzeugt, die die Masse gebraucht hat.“
„Welche Illusionen braucht die Masse denn?“

„Sehr, sehr viele. Um das zu beantworten, müssen wir das System verstehen. Und durchschauen. Durchschaust du es?“
„Ja, die Menschen werden eingeschlossen, aber scheinen es irgendwie zu brauchen.“

-Fast. Ich habe Charly gefragt, wie das System funktioniert. Und was die Wichtigkeit der Illusionen in diesem Kontext ist.

Daraufhin hat er mir ein Gedicht geschickt. Ich nenne es das Desillusionierungsgedicht. Es beantwortet so ziemlich alle Fragen dazu. Ich lese es wieder und wieder und wieder. Jedes Mal fällt mir etwas Neues auf. Es ist so vielschichtig, so schlüssig und auf so vielen Ebenen anwendbar, dass es alles aufklärt, was wir über das System wissen können. Ich kann es dir vorlesen. Ich trage es immer bei mir.-

Ludwig holte einen gefalteten Zettel aus der Tasche seines Sakkos und begann zu lesen.

„Im Netz der Spinne" von Charly IV:

Ich bin Schüler und auch Lehrer,
lebe gänzlich informiert.
Doch werden meine Schritte schwerer,
so als ob die Luft gefriert.

Ich sage mir, das liegt an meinen
nicht so ganz trainierten Beinen.
Doch bald schon steh´ ich still und merke:
Es lag nicht an meiner Stärke.

Es durchfährt mein ganzes Sein,
Angst schießt mir durch Mark und Bein.
Einen Moment halt ich inne,
seh´, ich bin im Netz der Spinne.

Was hat mich hierhergeführt?
Weshalb musste ich hier leiden?
Äußerst schwer von Schmerz berührt,
blick ich in die tristen Weiten.

Plötzlich ist mein Herz verführt,
denn ich seh´ auf allen Seiten
Maschen, wie perfekt geschnürt,
luxuriös und doch bescheiden.

Dieses Netz ist wunderschön,
wieso sollt ich runtergehen?
Weiter waten Stück für Stück,
hänge ich doch so am Glück.

Lachend, liebend und zufrieden,
alles hat das Netz zu bieten.
Was bringt es mir, frei zu laufen,
kann ich mich als Teilstück taufen?

Zu beschäftigt einzukaufen,
und tagtäglich Wein zu saufen,
versäume ich das neue Gesetz.
Und mutiere selbst zum Netz.

Wir haben alles, was wir brauchen,
oder was sie sagen zu brauchen.
Alles, wie es immer war,
als wäre ich schon immer da.

Doch fühle ich mich innen grau,
mein Magen wird schon ziemlich flau.
Ein Instinkt, der impliziert:
Ja, ich wurde infiziert.

Es durchfährt mich, Fäden zittern,
tausend Gefangene können es wittern.
Dem Anschein nach glücklich, Hunderttausende da.
Alle längst vergessen, wie es draußen war.

Ringen sich durch all die Fäden,
um mich wieder anzuketten.
Oh, sie sind so blind, so dumm,
bleiben hier und bringen sich um.

Ignorieren die Gefahr.
Schreien mich an: „Es ist nicht wahr!"
Und ehe sie sich´s versehen,
wird ihr Lebenslicht vergehen.

All die Jahre bin ich geblieben,
während mich die Spinnen trieben!
Das muss ich mir eingestehen!
Endlich bin ich frei zu gehen!

Und obwohl die Luft gefriert,
sehe ich nun unzensiert.
Doch blick ich herab und weine,
seh´ ich meine Spinnenbeine.

Ludwig pausierte kurz und sagte dann: „Lass es dir auf der Zunge zergehen!"

„Wir sind die Spinnen. Wir sind es, die das Netz – ", staunte Caspar.

„Ich bin der Weber des Netzes.", lachte Ludwig.

„Wir sind gefangen im Netz und wollen nicht hinaus."

-Aber wenn wir es verlassen, dann ist die einzige Möglichkeit, das System zurückzulassen, das System selbst zu erstellen. Frei von Systemen kann man nicht leben. Aber man hat immer die Macht, das System zu verändern. Man selbst ist die Spinne. Dabei kann man sich selbst gefangen halten oder aber selbst bestimmen.

Doch musst du aufpassen, dass du die Maschen nicht zu offensichtlich anders schnürst, denn wenn du frei bist, können tausend Gefangene es wittern.

Die Menschen folgen dem System wie blind, denn sie hängen im Netz und sind absolut zufrieden damit. Wenn man vor einem Netz steht, kann man entweder die Fäden fokussieren oder die Welt dahinter. Doch sind die Maschen „real" genug, gerade richtig, wollen die Gefangenen nicht einmal mehr wahrhaben, dass es eine Welt dahinter geben könnte. Kein Mensch würde das hinterfragen. Warum auch?

Dazu eine kleine Anekdote aus meinen früheren Jahren. Auch ich folgte einst blind. Auf dem Bahnhof, in einem vollen Warteraum, war ich und erwartete den Zug, der mich nach Hause bringen sollte. Plötzlich stand eine Person auf und verließ den Raum, um auf den Bahnsteig zu schreiten. Ihr schlossen sich weitere Personen an, die Leute standen auf und gingen ebenfalls hinaus. So auch ich. Als das gesamte

Wartezimmer nun am Bahnsteig stand, stellte ich fest, dass mein Zug gar nicht da war. Kein Zug war da. Warum war ich also mitgegangen? Weil alle gegangen waren. Und so funktioniert das System.-

„Aber es gibt doch auch Menschen, die die Desillusionierung herbeisehnen!"

-Nein. Die Menschen sehnen die Illusion der Desillusionierung herbei. Sie wollen zwar desillusioniert werden, aber nur scheinbar. Sie wollen scheinbar die Wahrheit wissen. So weit, bis es ihren Standpunkt, ihr Weltbild in seinen Fundamenten erschüttert. Sobald sich tatsächlich etwas für sie ändern würde, geht es ihnen zu weit. Wahre Desillusionierung ertragen sie nicht. Dann werden sie aggressiv und lehnen es ab. Sie wollen letztendlich nur die Illusion der Desillusionierung, Scheintiefe. Nur von jenen Illusionen wollen sie sich desillusionieren lassen, von denen sie bereits wissen, dass sie Illusionen sind. Sie wollen sich in ihrer Illusion treibend desillusioniert fühlen. Und diesen Grat muss man bei den Menschen treffen, um das System zu erhalten. Die Maschen müssen eben luxuriös und doch bescheiden sein.-

„Ich verstehe. Und so ... und so ist es bei mir mit der Liebe?"
„Exakt, Caspar. Exakt. Du strebst nach der Illusion der Desillusionierung – aber nur, bis man dir das Fundamentalste, die Liebe, als Illusion enttarnt."
„Jetzt hast du mich."
„Nimm es nicht zu schwer, es ist nur ein Blatt auf dem See. Es hat sich vom ursprünglichen Sinn durch Gedankenevolution zu etwas weiterentwickelt, das nur noch eine hindernde Illusion

ist, die überwunden werden muss, damit der individuelle Sinn kreiert werden kann, damit das Rollenspiel durchschaut und die wahren Interessen verfolgt werden können. Der Mensch hat die Sphäre verlassen, in der er dem physischen Sinn folgt. Der geistige, individuelle Sinn birgt wahrhaft tiefe Erfüllung."

„Eine Illusion. Die Liebe. Eine Illusion. Eine Masche im Netz der Spinne."

„Du wirst damit fertig."

„Meine Rolle wird damit fertig."

Kurzes Schweigen.

„Das mag auf die Beziehungsliebe zutreffen!", meinte Caspar, „doch ich glaube nicht, dass es ganz so einfach ist. Schließlich gibt es noch eine weitere Art von Liebe, die weitaus rätselhafter ist: ich nenne es Anziehungsliebe. Anziehung zwischen einem Subjekt und einem weiteren Subjekt oder auch einer Abstraktion, einem Gegenstand, was auch immer. Das hat nichts mit der Evolution zu tun, vielmehr ist es einfach eine positive Verbindung, eine Sympathie, man mag etwas einfach. Woher kommt dieses Mögen? Woher kommt dieser Wille? Aber nein, Wille passt auch nicht ganz. Vielmehr eine Neigung, sagen wir Richtung. Denn man richtet unbewusst darüber, dass man etwas gerne oder nicht gerne hat und richtet sich danach aus. Woher kommt die Richtung?"

„Nun...", überlegte Ludwig, „Es stimmt, dass diese Richtung um einiges mysteriöser ist. Und ganz werden wir wohl auch nicht begründen können, woher sie kommt. Doch es hat auf jeden Fall auch etwas mit Gedankenevolution zu tun: Ein Reiz, etwa ein positiver Eindruck, tritt auf, wird durch Gedanken verstärkt und so zu einem Gefühl. Also ebenfalls eine Illusion."

Wieder Schweigen.

„Was aber", fuhr Caspar fort, „Wenn ich dir das Wichtigste, Fundamentalste, das du hast, als Illusion enttarne? Die Macht."

„Inwiefern stellt die Macht eine Illusion dar?", wunderte sich Ludwig.

„Sie ist – wie auch die Liebe – die Folge eines urmenschlichen Triebes, und zwar des Selbsterhaltungstriebes. Dieser wurde durch Gründe der Selbstverteidigung so lange übersteigert, überstrapaziert, bis er durch Gedankenevolution zur Macht und Kontrolle über andere mutierte. Das Streben nach Macht über andere resultiert vermutlich aus der Ohnmacht über sich selbst. Genau das ist es! Du hattest die Macht über dich und dein Leben verloren und das löste in dir das Verlangen aus, Macht über andere zu erlangen, um diese Ohnmacht zu kompensieren. Macht über andere ist jedoch eine Illusion, denn – wie du selbst gesagt hast – kannst nur du selbst dein Leben verändern. So kannst du auch die anderen nicht verändern. Du bist getrieben, Ludwig. Auch du bist getrieben durch eine Illusion!"

„Nun", stammelte Ludwig nach unten blickend, „ich glaube jetzt hast *du* mich."

„Man hört nie auf, Neues über sich selbst zu lernen.", meinte Caspar.

„Da muss ich dir wohl recht geben. Nun, es mag zwar sein, dass ich sie nicht verändern kann. Doch ich kann sie beeinflussen. Denn sie wissen nicht, dass nur sie ihr Leben verändern können."

„Du beeinflusst damit Illusionen mithilfe einer anderen Illusion, Ludwig."

„Tja. Ich muss dennoch den Weg verfolgen, den ich verfolge.

Nicht um der Macht Willen, auch wenn es zugegebenermaßen ein unterbewusster Faktor gewesen sein mag. Sondern um der Gemeinschaft Willen."

„Um der Gemeinschaft Willen", wiederholte Caspar stolz.

-Alles gehört zum Netz. Jede Abhängigkeit. Insbesondere die drei großen Fesseln der Menschheit: Arbeit, Unterhaltung und die Liebe, wohl aber auch Macht. Aber ist das tatsächlich so? Du läufst ins Netz, die Luft gefriert, denn das Feuer wird ihr entzogen durch die pure Gleichheit. Die Ablenkung gefällt dir, wird zur Illusion und schließlich zur Abhängigkeit: die Spirale des Strudels, die in der absoluten Selbstaufgabe endet-das Wort beschreibt es genau: du gibst dich selbst auf, in die Verantwortung des Oberen. Erkennst du die Gefahr und versuchst, dich loszureißen, wird das System – so ausgeklügelt es ist – versuchen, dich aus dem Verkehr zu ziehen. Denn es ist der natürliche Rhythmus des Systems, die Ausreißer zu eliminieren, denn solche, wie du, destabilisieren es. Deshalb ist der einzige Weg, es geschickt zu tun – wie die Kunst. Du übernimmst das System. Du machst es zu *deinem* System. Unauffällig. Ohne durchschimmern zu lassen, dass du es durchschaut hast. Denn das und nur das ist der Weg, aus dem System auszutreten und die Kontrolle darüber zu erlangen. Die Lösung von allen Abhängigkeiten, die sonst dazu führen würden, dass du dich selbst aufgibst und nur noch ein Abbild des Netzes bist. Doch um das System zu kontrollieren, musst du es durchschaut haben, unzensiert, ohne Reflexionen. Und es mag ironisch klingen, dass die Menschen dadurch glauben, dass ich spinne.-

„Wow. Ich bin beeindruckt. Ehrlich.“

„Danke.“

„Das Ziel, das man verfolgt, sollte also die unbemerkte Kontrolle des Systems sein… also doch die Macht.“

„Nun, das Wort Ziel impliziert ebenfalls eine Abhängigkeit.“

„Was? Also jetzt wird es aber langsam absurd!“

„Da täuscht du dich. Es geht nur tiefer und tiefer in den See der Wahrheit.“

„Aber haben Sie … ähm … hast du denn keine Ziele?“

„Darum geht es nicht, ich kann durchaus Ziele haben, aber die sollte ich nicht verkrampft verfolgen, denn das führt zu Abhängigkeit und Selbstaufgabe. Und das ist niemals anzustreben.“

„Aber ohne Ziel ist das Leben doch nicht sinnvoll! Man braucht Ziele, für die man alles gibt!“

„Eben nicht. Das ist eine weitere Illusion, der du unterliegst. *Der Sinn* sollte *von dir* abhängig sein, nicht umgekehrt.“

„Also soll ich einfach ziellos umherschwirren?“

„Nein. Der *Weg* sollte dein Ziel sein. Du kannst auch einen Punkt in der Ferne ansteuern, aber du solltest dabei immer unabhängig bleiben und wissen, dass es nur eine Illusion deiner Rolle ist. Welchen Nutzen hat es schließlich, in Kauf zu nehmen, seine Freiheit um eines Ziels willen zu verlieren? Nachzujagen, sei es einem Ziel, einer Person oder einem System, führt immer zu Einschränkungen. Der Weg sollte immer nach Belieben konstruiert werden und genau diese beliebige Konstruktion des Weges ist das einzige Ziel, das keine Abhängigkeit darstellt. In diesem Sinne ist das Leben wie ein Traum, denn man kann es stets nach Belieben verändern, wenn man sich genau dessen bewusst wird.“

„…"
„Das Leben ist wie ein luzider Traum. Alles ist möglich, wenn du weißt, dass alles möglich ist."
„… okay … ja …"
Ludwig war erheitert über die Sprachlosigkeit seines Gegenübers.

-Nun verging die Zeit. Tage und Tage. Wochen und Wochen. Monate und Monate. Alles lief relativ glatt. Alle paar Tage besprachen wir uns als Regierung kurz, doch es gab keinen unmittelbaren Handlungsbedarf. Es sah ganz danach aus, als würden wir alle diese Zeit im Bunker unbeschadet überstehen. Was mich beschäftigte, war das minimale Verständnis der anderen für meine Denkweisen. Vor allem Petric stimmte mir bei Themen, ähnlich wie jene, die ich dir gerade erzählt habe, nur sehr widerwillig zu.
Ich vermutete, dass es an seinen festgefahrenen Ansichten, die er tief im Inneren hinter der Fassade aus Variabilität trug, lag. Gleichzeitig wurde Sarah Rauch immer freundlicher zu mir. Ich fand es beinahe schon zu freundlich. Dennoch war ich von Zeit zu Zeit dazu hingerissen, ihre Freundlichkeit zu erwidern. Auch das zehrte ein bisschen an mir, denn schließlich wollte ich meine Unabhängigkeit um alles in der Welt bewahren, koste es was es wolle. Und das schien meine Unabhängigkeit dann doch ein bisschen zu bedrohen.
Dann gab es da noch Margit Kopf. Die fing mich nach so gut wie jeder Besprechung mit der Regierung vor der Tür ab und fragte mich, worüber sich denn beraten wurde. Ob das „eh alles im Sinne des Volkes" geschah. Was ich dazu sagte, dass Petric einmal bei einer Besprechung keinen Anzug anhatte. Oft ging

es um Dinge, die wirklich kein bisschen Relevanz hatten. Ich versuchte ihr, die Grundsätze von Charly etwas näher zu bringen, denn ich war der Überzeugung, dass dieses Potenzial in jedem schlummern würde. Doch vergeblich. Sie meinte nur immer, das könnte ich doch gleich vergessen, dieses unnötige Wissen.

Manchmal gingen ihre Antworten so weit ins Absurde, dass ich mir Gedanken darüber machte, ob sie möglicherweise eine Rolle spielen könnte. Einerseits wäre es ihr irgendwie zuzutrauen, andererseits wirkte es ganz und gar nicht so. Sie könnte ihre Rolle aber auch einfach sehr gut spielen. Vielleicht sogar Charly sein? Nein, bestimmt nicht. Ich wusste schlichtweg nicht, was ich von ihr halten sollte.

Ich beschloss, Charly einen Brief zu schreiben. Einen Brief über die Menschen, mit denen ich aktuell zu tun hatte und ihre Engstirnigkeit, die mich so sehr aufregte. Damit ging ich dann zum Pfarrer, der mich mit einem Lächeln empfing und sagte, dass jede Frage eine Antwort hätte.

Darüber dachte ich dann eine Weile nach. Jede Frage führt zwar zu einer Antwort, aber auch jede Antwort zu einer Frage. Es ist wie eine Kette aus zwei Gegensätzen, die sich gegenseitig bedingen. Das erinnerte mich an die Physik, die mich zwar niemals begeisterte, aber hier doch ins Bild passte: Kraft und Gegenkraft. Und diese Kette hatte doch etwas von elektromagnetischen Wellen. Der Magnet induziert Elektrizität und die Elektrizität wiederum Magnetismus und so fort. Aber genug davon. Ich fand den Zusammenhang einfach interessant. Charlys Antwort war wieder einmal lyrisch und sehr poetisch:

kläglich so kläglich
schneeweiß gedankenschwarz
feuer zwischen glühbirnen
rückenfall statt kopfaufstieg
zu hell heißt augenschaden dann dunkel
falsch falsch alles falsch
kläglich

-Charly IV

Es war wieder einmal sehr schlüssig und fasste die Situation treffend zusammen. Es war kläglich, dass man das Wissen nicht weitergeben konnte. Die Fassade der Menschen war schneeweiß, doch ihre Gedanken schwarz. Sie fielen dir in den Rücken, anstatt geistig aufzusteigen. Und würden sie geblendet werden durch die pure Wahrheit, dem Licht zu nahe kommen, dann würden sie erblinden und kläglich an ihr zerschmettern. Was heißt an ihr? An sich selbst. Und alles erklären sie für falsch, das ihnen nicht passt. Wie beispielsweise auch die Rechtschreibung dieser Nachricht.

Was mich am meisten zum Überlegen brachte, war aber das Gleichnis des Feuers zwischen Glühbirnen. Denn das war es, wonach ich gesucht hatte. Es machte so viel Sinn.

Der Mensch war kein Feuer mehr, wie in seinen Anfängen. Er war nun eine Glühbirne. Kontrollierte Energie, die in ihrem Glas eingeschlossen ist und niemals hinausgelangen kann. Sie leuchtet in einer bestimmten Helligkeit, nicht mehr und nicht weniger. Sie kann mechanisch erhellt und verdunkelt werden. Sie ist unter Kontrolle, sie ist normal. Der Norm angepasst. Ich mag es, wenn mich jemand verrückt nennt. Denn verrückt bedeutet: nicht der Norm entsprechend. Und ich möchte ganz sicher nicht der Norm entsprechen. Ich bin ein Feuer. Eine Energie, die, ist der Funke erst entsprungen und entzündet, nur sehr schwer an ihrem Platz zu halten ist. Die sich frei bewegt und ausbreitet, immer größer wird. Die sich nicht einfach ein- und ausschalten lässt, die selbstständig agiert und sich weiterentwickelt. Ich kann keine Glühbirnen zu Feuer machen. Sie wissen gar nicht einmal, was ein Feuer ist. Sie funktionieren, oder auch nicht. Wenn nicht, dann tauscht man sie eben aus. Aber ein Feuer brennt, für sich, mächtig, frei und so energetisch, dass es alles niederreißen kann, was ihm den Weg versperrt. Ich kann eine Glühbirne nicht zu Feuer machen. Das kann nur ein Kurzschluss, der sie entflammen lässt.-

„Schönes Gleichnis", bemerkte Caspar.
„Nicht wahr?"
„Bin ich ein Feuer oder eine Glühbirne?"
„Das musst du dir selbst beantworten."
Caspar nickte.

-In weiteren Gedankenschritten schloss ich daraus, dass es keinen Sinn hatte, Petric und Kopf belehren zu wollen, denn sie waren eben Glühbirnen.
Das Stromnetz, das diese Glühbirnen erhellt, ist die Ideologie. Sie stützen sich darauf. Die Meinung, das Feste, das Vorgegebene. Aber auch hier muss man bedenken, dass jedes Stromnetz ein Feuer braucht, das den Strom, der die Glühbirnen am Leben hält, erzeugt. Und das hat sehr viel mit Politik zu tun. Dieses Feuer ist die Spinne, die sich *bewusst* ist, dass sie das Netz spinnt.
Frau Rauchs Annäherungen bedachte ich auch noch einmal eine Weile. Dieser Strudel, der versuchte, mein Feuer zu löschen. Die Erkenntnis folgte bald und jene solltest gerade du dir zu Herzen nehmen!-

„Ich höre!", meinte Caspar gespannt.
„Oft ist man überzeugt davon, dass Wasser Feuer in jedem Fall vernichtet. Doch das ist ein Irrglaube. Das Wasser des Strudels kann das Feuer nur löschen, wenn es schafft, es zu berühren. Anderenfalls verdampft es durch die Hitze."

„Verrückt.", erwiderte Caspar.

Ludwig lächelte.

-Wie die Zeit verging, kam es schließlich zum nächsten großen Ereignis in unserem kleinen Bunker. Früh am Morgen klopfte es an meiner Wohnungstür und mein Schlaf wurde gewaltsam unterbrochen. Ein Sanitäter stand da, der mich als Vorsitzenden darüber benachrichtigen wollte, dass unser komatöser Patient erwacht war. Etwas entnervt zog ich mir meinen Anzug an und machte mich auf den Weg zum Krankenzimmer.

Der Mann sah elendig aus. Wirklich elendig. Und alles andere als gesund. Sein gesamter Körper war mit schweren Brandwunden übersäht, sein Gesicht war nun noch schmerzverzerrter als während seiner Bewusstlosigkeit.

Ich versuchte, meine Rolle dennoch kühl und seriös zu spielen.

„Guten Morgen!", begrüßte ich ihn.

„Was …", stammelte er und hustete zwischendurch, „Was, wo?"

„Wir haben Sie vor dem Feuer gerettet. Als wir Sie in den Bunker gebracht haben, wurden Sie bewusstlos."

„Ach. Danke."

„Ich bin Ludwig Weber, der Vorsitzende."

„Ah, ja. Vorzustellen brauche ich mich ja wohl nicht.", meinte der Verletzte und grinste mich an.

Ich hielt ihn für arrogant und selbstgefällig und war erst einmal ein wenig perplex, doch ich antwortete ihm gleich:

„Nun, nett wäre es schon, werter Herr."

„Ha! Sie wissen es nicht?", rief er und lachte so heftig, dass er einen massiven Hustenanfall bekam.

„Sprechen Sie bitte endlich mit mir!", wurde ich langsam

aggressiv.

„Mein Name ist Chang Sun", rief er empört, „CEO von Cool&Green – klingelts jetzt bei Ihnen?"

„Es tut mir leid, aber die Wirtschaft war nie mein Spezialgebiet."

Er lachte und hustete erneut: „Sie sind ja unglaublich! Und so einer wie Sie wird Vorsitzender?"

„Entschuldigung, aber ein bisschen mehr Respekt kann ich von Ihnen schon erwarten! Immerhin hätte ich Sie auch draußen verbrennen lassen können!"

Chang wurde ernst: „Sie wissen es wirklich nicht?"

„Was soll ich nicht wissen?"

„Ach – nichts, Herr Vorsitzender. Ich werde jetzt wieder schlafen, auf Wiedersehen…"

„Entweder Sie sprechen jetzt sofort oder – "

„Oder was?"

„Oder ich lasse Sie wieder hinaus ins Feuer werfen!"

„Okay!", rief der Verbrannte, hustete und hielt seine Hände verteidigend vor sein Gesicht. „Okay."

„Meine Firma", fuhr er fort, „hat die schädlichen Gase in die Atmosphäre geleitet, die diese Katastrophe ausgelöst haben. War überall in den Nachrichten. Deshalb ließ mich auch niemand in seinen Bunker."

Ich war sprachlos. Das Einzige, das mir in diesem Augenblick durch den Kopf ging, waren die Aufstände, die entstehen würden, wenn das an die Öffentlichkeit gelangen würde.

„Kein Mensch darf das erfahren, verstanden? Kein einziger!", ermahnte ich ihn.

„In Ordnung, Herr Vorsitzender.", sagte er mit einem Hauch ironischer Selbstgefälligkeit.

„Wie gehen die Arbeiten an der Oberfläche voran?", wollte ich noch wissen.

„Schauen Sie doch einfach in die Nachrichten, Sie Witzfigur!"

„Die Verbindung wurde zerstört! Sagen Sie mir doch bitte einfach, wie lange es noch dauert!"

Chang grinste. „Länger, als Sie leben werden. Die Welt ist zerstört. Alles ist verbrannt. Wälder, die früher noch voller Natur und Leben waren, sind heute ein Häufchen Asche – geschmückt mit den Überresten der Leichen in Form von Knochen. Schwarzen, verkohlten Knochen. Die Regierung hat keine Möglichkeit gefunden, die Ozonschicht zu retten. Und selbst wenn sie es noch schaffen … es hat keinen Sinn mehr. Es ist fast nichts mehr davon da. Es gibt keine Pflanzen und Tiere mehr. Das Leben ist ausgelöscht. Irreversibel. Und jetzt lassen Sie mich bitte wieder schlafen!"

Das traf mich wie ein Blitz. Es soll also kein Überleben mehr geben. Nie wieder. Die Menschheit stand also vor ihrem Ende. Was sollte ich als Anführer nun machen? Wie sollte ich handeln? Ich konnte es nicht verhindern. Ich brauchte Charlys Hilfe mehr denn je. Doch erst einmal musste ich hier weg. Ich ließ ihn allein.

Wie ich nun weiß, hat deine Cousine mich da bespitzelt und du bist sofort zu ihm hingegangen, woraufhin er dir alles ausgeplaudert hat, der verbrannte Verbrecher!-

„Richtig.", schmollte Caspar.

-Dann folgte die Szene in der Bar. Wer lauerte mir nämlich natürlich wieder vor der Tür des Krankenzimmers auf? Frau Kopf.

Ich versuchte, ihr irgendwelche Geschichten zu erzählen, bloß nicht die Wahrheit. Wenn die das wüsste, wüsste es jeder. So setzte sie sich mit mir in die Bar. Rosa und du setzten sich auf den Nebentisch und plauderten über die Schandtaten des werten Herrn Changs.

Mir blieb nichts anderes übrig, als euch einen ermahnenden Blick zuzuwerfen. Was das angerichtet hätte, wenn es sich wie ein Lauffeuer ausgebreitet hätte. Margit Kopfs Blick werde ich auch nie vergessen. Sie sah mich an, die Augen voller Verzweiflung und Wut und fragte: „Wirklich?"

Ich ging mit ihr hinaus und versuchte, sie von deiner Unzurechnungsfähigkeit zu überzeugen. Doch sie stellte Fragen und hielt an ihrer Meinung fest. Sie begann zu schreien: „Also wirklich! Dieser Sun Chang! So ein Viech! Ein elendiges! Uns alle ins Verderben gestürzt, ja!"

„Beruhigen Sie sich, bitte!"

„Na wirklich nicht! Na, na!"

„Bitte behalten Sie es für sich, Frau Kopf! Die Sicherheit des Bunkers steht auf dem Spiel."

„Na freilich, für die Sicherheit, ja!"

Dann ging sie.

Du weißt, was am nächsten Tag passiert ist. Den Teil werde ich im Sinne der Sicherheit nicht erzählen.-

„Denkst du, ich würde jetzt noch etwas ausplaudern?"

„Ich kann es nicht wissen, bei unserer Vorgeschichte – "

„Ich habe meine Fehler erkannt. Ich gestehe sie ein. Ich habe es verstanden. Sag mir einfach: Hast du Sun Chang ermordet?"

Kurz wartete Ludwig: „Möchtest du die wahre Geschichte hören?"

„Ich bitte darum. Wieso ist Sun Chang gestorben?"

-Genau habe ich es nicht gesehen. Ich habe es eher gehört.
„Bitte lassen Sie mich einfach in Frieden ... weitergehen!",
hustete er.

„Na wirklich nicht! Sie haben unsere Welt zerstört! Wegen
Ihnen sind wir alle eingesperrt! Das verstößt gegen die
Menschenrechte!"

„Lassen Sie mich in Ruhe! Ich habe nur im Sinne meiner Firma
gehandelt, nicht im Sinne der Menschen ... ahh"

„Du elendiger Mörder du!"

Ich beschleunigte meine Schritte, um in dieser Situation
einzugreifen. Was ich dann dort vorfand, das sollte kein
Mensch jemals zu Gesicht bekommen müssen. Es war einfach
nur grausig.

Sun Chang lag mit teils aufgerissener, verbrannter, blutiger
Haut, blutüberströmt in einer Blutlache am Boden und tat
seinen letzten Atemzug. Daneben stand Margit Kopf, ernst
dreinblickend, und sagte: „Herr Vorsitzender. Jetzt erfährt's
sicher kein Mensch mehr."

Ich griff mir auf die Stirn und konnte im ersten Moment gar
nicht fassen, was da gerade passiert war. Erst konnte ich gar
nichts tun, außer wiederholt meinen Kopf zu schütteln und das
Wort „Nein" immer wieder vor mich hinzumurmeln.

„Er hat's verdient gehabt! Na freilich! Verstehen Sie?", fügte
Frau Kopf hinzu.

„Wieso tun Sie so etwas? Sie können doch nicht einfach
jemanden umbringen!"

„Na jo! Ich wollt ihn ja gar nicht umbringen. Aber der hat so
leicht zu bluten begonnen wegen der Brandwunden. Und dann
war's eh schon egal."

„Frau Kopf – das muss Konsequenzen für Sie haben!"

„Na wirklich nicht! Ich hab´ ja nichts falsch gemacht! Einen Menschen, der die halbe Weltbevölkerung umbringt, hab´ ich halt ein bisschen massakriert. Das macht ja nichts."
„Sie brauchen dringend Hilfe."
„Na, ich tu ja keinem Menschen was. Ich wollt ihm ja nichts tun. Aber er ist schuld an … allem. Wenn Sie mich einsperren, dann soll jeder das aber auch wissen. Warum das passiert ist."
Ich überlegte, wie ich nun weiter verfahren sollte. Dass Frau Kopf nicht ganz bei geistiger Gesundheit war, war mir schon länger klar. Aber dass sie jemanden kaltblütig umbrachte. Das war doch wirklich untypisch. Ich beschloss, sie im Sinne der Ruhe nicht öffentlich der Menge zum Fraß vorzuwerfen, sondern sie stattdessen besser überwachen und ärztlich begutachten zu lassen. Es schien mir die am wenigsten Aufruhr erregende Methode zu sein.
Nur leider lag ich da falsch.-

„Oh ja. Sie hätten … ähm … du hättest es gleich sagen sollen, dann hätten wir dich nicht verdächtigt.", warf Caspar ein.
„Mag sein. Aber man hätte sich massiv über Frau Kopf oder Sun Chang aufgeregt, was zu einer Polarisierung und einer gegenseitigen Bekämpfung geführt hätte."
„Oh."
„Ich wusste ja selbst nicht, wie ich weiter vorgehen sollte. Nach langem Nachdenken beschloss ich schließlich, sie lediglich in psychologische Betreuung zu bringen. Außerdem erhöhte ich ihre Ration an Beruhigungsmitteln. Es war also absolut sichergestellt, dass Frau Kopf niemandem mehr gefährlich werden konnte. Ich wollte nur den Aufruhr verhindern. Man hätte die Frau vermutlich ebenfalls massakriert, wenn ihr Name

bekannt geworden wäre. Oder man hätte sie unterstützt. Wie gesagt, sie hätte sehr polarisiert."

„Ich verstehe. Es war wirklich eine schwierige Situation."

-Christoph Raab hatte mich erneut angeschrien und schien mir trotz seiner Medikation noch als einer der Anführer der neuerlichen Aufstände zu agieren. Mir blieb daher keine Wahl als die Ration zu erhöhen, um ihn unter Kontrolle zu bringen. Das führte wohl dazu, dass du etwas von Plan IV bemerktest. Der Tag war für mich ebenso schockierend wie für dich.
Ich beschloss, Charly endlich um Hilfe zu bitten. Die letzten Tage war ich durch die Geschehnisse nicht dazu gekommen. Ich musste ihn fragen, was ich tun sollte, um dieser scheinbar ausweglosen Situation zu entkommen. Immerhin war nun klar, dass wir den Bunker wohl nie wieder verlassen konnten. Was sollte nun aus uns werden? Wie sollten wir uns verhalten? Ich brachte meinen Brief zum Pfarrer. Dieser sah ganz bleich aus, als er die Tür öffnete.
„Grüß Gott!", murmelte er.
Ich fragte, ob es ihm gut ging.
„Wird schon, Herr Weber, wird schon. Mir ist heute Morgen nur etwas schwindelig."
„Soll ich Ihnen die Sanitäter vorbeischicken, Herr Pfarrer?"
„Nein, nein. Gott wird mir den Weg durch diese Lage leiten. Weshalb sind Sie gekommen, Herr Weber?"
„Ich wollte Ihnen einen Brief an Charly IV geben."
„Ach, geben Sie schon her. Ich werde ihn unverzüglich weiterleiten.", sagte er mit ruhiger Stimme und brachte ein zittriges Lächeln hervor.
„Vielen Dank."

„Der Friede sei mit Ihnen.“

Es war das letzte Mal, dass ich den guten Herrn Pfarrer gesehen hatte. Ganz traute ich dem Urteil des Geistlichen nicht, also schickte ich ihm einige Stunden später doch noch die Sanitäter zur Wohnung. Doch leider war es da schon zu spät. Sein Herz hatte bereits aufgehört zu schlagen.

Es war ein äußerst trauriger Umstand. Womöglich war Charly also tot. Womöglich. Ich kannte seine Identität nicht. Dennoch war auf jeden Fall ein sehr hilfsbereiter Mann von uns gegangen. Ich trauerte ein wenig. Deshalb war ich an diesem Tag auch seelisch etwas geschwächt.

Ganz gewöhnlich saß ich mit Petric im Besprechungszimmer, um die wöchentliche Besprechung durchzuführen. Frau Rauch hatte sich verspätet. Auf einmal stand Beatrice Fischer vor mir und meinte ganz hysterisch und aggressiv, dass da jemand vor der Tür sei. Ich beschloss, mir das Ganze mit Petric anzusehen. Ich konnte schließlich nicht ahnen, dass man mich so hinterging. Als ich sah, dass da niemand war, fragte ich Frau Fischer, was das sollte.

Sie sah mich mit glühenden Augen an und meinte: „Was haben Sie getan?“

„Nichts! Sie haben mich hierhergeholt!“, antwortete ich.

Dann begann sie, mich mit irgendwelchen wilden Verschwörungstheorien zu bombardieren, die ich dann entkräften musste. Zugegeben, das war eine sehr gute Ablenkungsaktion. Sie hat ihre Rolle gut gespielt.

Nach einer guten Stunde lief die Frau zurück zu ihrer Wohnung. Vermutlich zu ihrer Freundin. Petric wollte sicherheitshalber noch eine Weile im Kontrollraum bleiben, um nach diesem ominösen Besucher Ausschau zu halten. Ich ging zurück zum Besprechungszimmer, wo ich feststellte, dass die Akten durchwühlt worden waren. Das beunruhigte mich zutiefst. Auch das noch. Als ob es nicht schon schwierig genug wäre. Mir blieb nur noch, mich hinzusetzen, die Hände vors Gesicht zu halten und einmal kurz durchzuatmen. Das war wohl die heftigste Situation, die ich bisher erleben durfte. Jedes Mal steigerte sich der Schwierigkeitsgrad des Lebens aufs Neue. Da war es gerade eine Zeit lang halbwegs gut gegangen und nun schon wieder so eine Welle harter Schläge gegen meine Rolle.

Meine größte Hoffnung war einfach, dass Charly noch am Leben war. Und mir wieder einmal helfen konnte. Doch ich wusste, dass ich abends eine Rede zu den Vorkommnissen halten musste. Es war mir eine Pflicht. Also riss ich mich zusammen, stellte mich vor diesen Haufen an im eigenen Netz hängenden Spinnen, diesen Schaltkreis von energiesparenden Glühbirnen und sprach ein paar Worte. Doch nach wenigen Sätzen wurde diese Ansprache jäh unterbrochen. Von dir. Und deiner Enthüllung. Und es war in diesem Moment, als ich realisierte: Das war der Nagel in unseren Sargdeckeln. Unser aller endgültiges Ende.

Ich versuchte noch, irgendwie die Menge zu beruhigen und gab nach den diversen körperlichen Angriffen nach, um mich hier, im erstbesten offenstehenden Zimmer, zu verschanzen. Kastner dachte wohl, nun wäre sein großer Auftritt gefragt und stürmte aus dem Hinterhalt auf die Bühne, um ebenso gewaltsam weggerissen zu werden.

Mir blieb nichts anderes übrig, als mein bloßes Überleben zu sichern. Beim Flüchten traf ich noch Frau Kraus, die hysterische Freundin der Frau Kopf, die mich anschrie: „Was haben Sie

getan?! Was haben Sie getan?! Das ist eine Krise!" Ich wollte sie
noch aufhalten, doch sie stürmte nach draußen in den sicheren
Tod.

Schwierig genug war es, mich durch die Masse hier her zu
kämpfen, ohne erschlagen zu werden. Zwischen all dem Elend
hindurch, zwischen den sich gegenseitig zerschlagenden, vom
Stromnetz losgerissenen Glühbirnen, den sich immer tiefer
hektisch zitternd im Netz einwickelnden Spinnen, die sich
kaum mehr bewegen konnten und dabei waren, sich so zu
verfangen, dass ihnen der Hungertod bevorstand. Schreckliche
Umstände. Und was von da an geschah, weißt du ja zu gut.-

„Ich hasse meine Rolle dafür, dass sie so gehandelt hat.", meinte
Caspar entrüstet.

„Nun", antwortete Ludwig, „Das bringt uns in dieser Situation
relativ nichts!"

„Und du hast Charlys Antwort nie bekommen?"

„Nein."

Kurzes Schweigen.

Da ging Caspar ein Licht auf: „Moment. Charly ist nicht tot. Der
Mann mit dem Umschlag. Den ich getroffen habe. Das … war
Charly? Und ich sagte ihm, ich wüsste von IV. Er muss gedacht
haben, ich wüsste, dass er Charly sei und ich wolle es
aufdecken."

Ludwig sah Caspar noch erboster an als sonst.

„Gibt es denn in dieser Geschichte auch irgendetwas, an dem
du nicht schuld bist? Das ist doch die Höhe! Du hast alles
ruiniert! Wirklich alles!"

„Ja hätte ich das denn riechen sollen, dass das keiner von der

Regierung gewesen ist? Ich musste doch meine Rosa und mich beschützen!"

„Du hast sie nicht beschützt! Wo ist sie denn jetzt? Wahrscheinlich wurde sie da draußen längst gelyncht und du sitzt hier ganz bequem und erzählst mir deine Geschichten!"

„Ich habe alles nur getan, um sie zu schützen! Ich habe sie zuletzt bei der Wohnung von Frau Rauch gesehen! Da wird sie hoffentlich geblieben sein!"

„Das glaubst Du doch selbst nicht! Die ist doch genau so eine neugierige *Aufdeckerin* wie du!"

„Was hätte ich denn tun sollen?"

„Gar nichts! Am besten wär's gewesen, du hättest nie auch nur irgendetwas getan! Am besten wärst du gar nicht erst in diesen Bunker gegangen!"

„Jetzt reicht's aber! Das hör ich mir nicht länger an! Wenn dir die Antwort von Charly so wichtig ist, dann geh doch hinaus in dieses Massaker und such ihn!"

„Wie soll ich ihn den finden? Ich weiß doch nicht einmal, wie er aussieht! Hol du mir doch die Antwort!"

Beide wurden still und gingen wütend im Raum auf und ab.

„War es Fred?", fragte Ludwig noch entschlossen, aber schon etwas ruhiger, „Der Barmann?"

„Ich...", stotterte Caspar, „Ich weiß ehrlich gesagt nicht mehr ganz, wie der Barmann ausgesehen hat, ich war schließlich nur einmal in der Bar, aber ... nein, ich glaube nicht."

„Verdammt, kannst du dich denn nicht *einmal* konzentrieren?! Ein einziges Mal hilfreich sein?!"

Drückende Stille erfüllte den Raum.

Nach einer Minute sagte Caspar versöhnlich: „Es bringt doch nichts, wenn wir uns jetzt gegenseitig den Kopf einschlagen.

Wir sollten uns lieber überlegen, was wir jetzt tun."

„Das kann ja ein Spaß werden."

„Komm schon, Ludwig. Wir können auch von selbst darauf kommen, was Charly dir geraten hätte."

„Das kannst du ja wohl nicht ernst meinen."

„Er zeigt dir nicht den Weg. Er zeigt dir, dass du den Weg erschaffen kannst."

Ludwig schmollte. „Schachmatt."

Nach einer kurzen Erholungspause holte der Vorsitzende tief Luft und hauchte im Ausatmen: „Dann fangen wir an."

„Gut", meinte Caspar ermutigend, „dann folgen wir der Wahrheit auf ihrer Spur."

„Was ist die Wahrheit überhaupt?", entgegnete Ludwig.

„Die Wahrheit – ", überlegte Caspar, „nun, die Wahrheit ist das, was nicht zu bestreiten ist. Was unbedingt existieren muss."

„Wir können nicht wissen, was unbedingt existieren muss. Außerdem können wir unsere Gedanken nie durch Sprache übermitteln, wir können sie nur näherungsweise ausdrücken, aber nie genau. Um sie möglichst genau zu übermitteln, müssen wir sie induzieren, wie wir sie denken. Durch Sprache. Sprache an sich ist aber undefiniert. Beginnen wir also mit ein paar Definitionen. Nur mit Definitionen können wir die Genauigkeit der induzierten Gedanken erhöhen."

„Realität ist das, was wir denken, dass Realität ist."

„Ja, ja, gut erkannt. Realität ist all das, was wir wahrnehmen, also für wahr nehmen. Doch Realität ist oberflächlich, sie kann auch aus Illusionen, die unerkannt bleiben, bestehen. Wie die Spiegelungen am See. Sie sind gewissermaßen wahrnehmbar, also real, aber nicht wahr."

„Und was ist die Wirklichkeit?"

„Die Wirklichkeit ist das, was wirkt. Was eine Wirkung auf uns hat.“

„Muss Realität wirklich sein?“

„Nein. Sie kann auch keine Wirkung haben. Aber auch nicht Wahrnehmbares kann eine Wirkung haben. Nehmen wir die UV-Strahlung. Wir können sie nicht wahrnehmen, dennoch wirkt sie sich gerade sehr fatal auf unser aller Leben aus.“

„Was ist nun also die Wahrheit?“

„Die Wahrheit ist die tiefste aller Ebenen. Der Grund des Sees. Das unanfechtbare Grundgerüst.“

„Ist Wahrheit ein Kriterium für Realität?“

„Auf keinen Fall. Im Gegenteil. Die Realität kann nie die Wahrheit sein. Sie besteht zum größten Teil aus Illusionen und ist somit nicht wahr.“

„Und umgekehrt? Muss Wahres real sein?“

„Natürlich nicht.“

„Muss die Wahrheit wirklich sein?“

„Auch etwas, das keine Wirkung hat kann wahr sein. Wir wissen es nur nicht. Etwas, das eine Wirkung hat, muss auch nicht wahr sein. Es kann auch eine Illusion sein, die sich auf eine andere Illusion auswirkt.“

„Könnte man nicht sagen, die Gesamtheit aller Illusionen ist die Wahrheit? Was, wenn die Existenz von Illusionen eine Illusion ist? Denn das Zusammenspiel der Summe aller Illusionen ist doch im Endeffekt alles, das geschieht und so auch in einem gewissen Licht wahr.“

„Dann könnte man sagen, dass jeder einen Teil der Wahrheit kennt. Aber eben nur einen Teil der Wahrheit. Das würde ich aber nicht als Wahrheit bezeichnen. Eher als Gesamtheit. Als irdische Wahrheit, wenn man so will. Aber die wahre Wahrheit, die absolute, unerreichbare Wahrheit, liegt viel, viel tiefer."

„Könnte es denn nicht ein und dasselbe sein?"

„Das würde bedeuten, dass die irdische Wahrheit die absolute Wahrheit ist."

„Kann das denn sein?"

„Ich kann es mir nicht vorstellen. Die Wahrheit muss doch tiefer sein als das."

„Das stimmt. Das ist also die Wahrheit."

„Ja. Die unerreichbare Wahrheit. Vielleicht ist es auch gut, dass sie unerreichbar ist."

„Warum?"

„Die Menschen sind nicht reif für die Wahrheit. Sie würden sie nicht verkraften. Es gibt nicht umsonst Illusionen."

„Wieso denkst du das?"

„Weil die Wahrheit die Menschen wie ein peitschender Feuersturm aus ihrer Verankerung reißen und in Chaos und Leid stürzen würde."

„Aber wir sind der Wahrheit doch so nah und wir verkraften es."

„Interessant, dass du denkst, wir wären der Wahrheit nahe."

„Sind wir nicht?"

„Ein kleines bisschen näher als die anderen. Vielleicht. Aber nahe nicht."

„Wir müssen die Wahrheit doch publik machen. Wir müssen die Desillusionierung weitertragen. Warum hast du das nicht getan?"

„Weil ich das den Menschen nicht zumuten konnte. Außerdem hätten sie mich für verrückt erklärt."

„Ich dachte, du wirst gerne verrückt genannt."

„Das schon, aber einem Verrückten gibt man keine

Führungsposition. Man misstraut ihm. Auch wenn er vermutlich näher an der Wahrheit ist als die, die ihn verbannen."

„Das macht doch keinen Sinn."

„Wenn zwei Blinde mit einem Sehenden in einen Raum gesperrt werden und niemals anderes Wissen erlangen, wen werden sie verrückt nennen?"

„Hm. Den Sehenden."

„Ganz richtig. Die Wahrheit versteckt sich sehr oft unter dem Deckmantel des Wahnsinns."

„Sie sind so blind, so dumm. Bleiben dort und bringen sich um."

Ludwig lächelte.

„Weißt du", meinte Ludwig nun wieder um einiges sanfter, „Wir beide haben Potential. Der Unterschied zu den anderen ist, dass wir es gerade freisetzen. Viele werden dazu nie kommen. Sie sperren ihr Potenzial in eine dunkle Ecke und lassen es verrotten, weil ihnen die Illusionen wichtiger sind. Aber das System greift eben die Ausreißer an. So funktioniert es. Die Menschen dürfen nicht bemerken, dass wir so viel näher an der Wahrheit sind. Wir Verrückten müssen uns so stellen, dass sie denken, wir würden uns im Kreis drehen. Ja, sie denken, wir drehen uns, doch in Wahrheit drehen wir die ganze Welt."

„Sie denken, wir drehen uns, doch in Wirklichkeit drehen wir die ganze Welt.", wiederholte Caspar.

„In Wirklichkeit.", wiederholte Ludwig, „Es sind wirklich meistens jene die Mächtigsten, von denen man es am wenigsten erwarten würde. Die Verrückten. Die unscheinbar Verrückten allerdings."

„Wir drehen die Welt. Wir schützen die Glühbirnen."

„Und selbst bleiben wir dabei desillusioniert. Glaub mir, die wirklich Mächtigen trinken selbst Wasser und predigen Wein."

„Das ist doch irgendwie schlecht, oder?"

„Gut und schlecht ist nur eine Illusion. Vergiss die Wertungen. Es gibt nur zwei Gegensätze, die sich gegenseitig bedingen und ergänzen. Keiner ist dem anderen vorzuziehen. Gut und böse, hell und dunkel, illusioniert und desillusioniert."

„Kann es nicht sein, dass Gegensätze eine Illusion sind?"

„Hm.", schmunzelte Ludwig, „Daran habe ich noch nicht gedacht. Ja, das kann sein. Denn die Gegensätze, nehmen wir Hass und Liebe, sind sich oft ähnlicher als man denkt. Sie sind beide eine Form von Energieeinstrahlung. Wenn diese Energie auf einen einstrahlt, liegt es an einem selbst, sie positiv oder negativ zu verwenden. Hass ist genauso Energie, die wir konstruktiv verwenden wollen. Sie wird aber ausgesandt, um uns die Energie zu nehmen und sie für sich zu beanspruchen. Wir dürfen nur nicht, wie erwartet, Energie zurückschießen, sondern müssen sie aufnehmen. Erst werden sie sich bemühen, dir nun noch mehr Energie zu nehmen, doch das bringt ihnen nichts. Entweder sie geben auf, oder sie zerbrechen. Das ist der Schlüssel."

„Das ist aber schwierig."

„Auf jeden Fall. Aber es ist möglich. Denn die Gegensätze sind nur scheinbar."

„Selbst in ihrer Grundverschiedenheit sind sich die Gegensätze doch ähnlich, wenn nicht gleich. Die beiden Absoluten am Ende der Linie ergeben einen Kreis."

„Wieder einmal ist die Antwort so naheliegend und doch für die meisten so unerreichbar."

„Aber die scheinbaren Gegensätze müssen doch existieren, denn würde nur ein Zustand existieren, könnte man nicht unterscheiden, ob es nur einen einzigen Zustand gebe oder doch gar keinen. Die Existenz braucht die Dualität, um erkennbar zu sein. Wer wüsste beispielsweise, was Frieden ist, wenn es keinen Krieg gäbe?"

„Die große, einheitliche Wahrheit unterteilt sich nur in scheinbare Gegensätze, um sich erkennbar zu machen. Das ist es! Caspar, du hast gerade etwas sehr Intelligentes gesagt!"

„Danke!"

„Die Wahrheit ist gewissermaßen also ein Oxymoron."

„Bitte?"

„Eine Vereinigung zweier gegensätzlicher Begriffe. Eine Synthese. Eine gesamtheitliche Synthese, die alles zusammenfasst, auch die beiden unmöglichen Absoluten. Auf einer höheren Ebene."

„Das sind wir wohl auch.", entgegnete Caspar. „Wir sind zwei gegensätzliche Menschen. Zwei Individuen, die sich unglaublich stark voneinander unterscheiden. Doch nun haben wir uns zusammengeschlossen. Eine Welt, die sich aus komplett unterschiedlichen Sichtweisen und Energien zusammensetzt, ist entstanden. Sie mag chaotisch wirken, unsicher, schwierig, komplex, aber sie ist sicher nicht unmöglich. Und am Ende sogar stimmiger und absoluter als eine gegensatzlose Welt. Das öffnet das Tor zur nächsthöheren Wahrheitsebene. Das Oxymoron."

„So ist es."

„Aber die Gegensätzlichkeit ist auch der Grund für die Einschränkung der Individuen."

„Genau. Menschen können sich nur teilweise selbst entfalten, weil es immer ein Gegenstück gibt, das sie im Zaun hält. So ist es auch bei allen Beziehungen. Sie ergänzen sich zwar, aber sie nehmen sich so auch das Potenzial, geistig aufzusteigen."

„Das System braucht diese Stagnation durch Gegensätze, die sich gegenseitig unter Kontrolle halten. Ein gutes System funktioniert nur, wenn es im Gleichgewicht bleibt. Und für Gleichgewicht braucht es zwei Gewichte auf der Waage."

„Das ist das Ideal. Das System der Natur ist das einzige System, das ideal ist. Es ist perfekt ausbalanciert. Das menschlich geschaffene System dagegen überhaupt nicht. Es ist sehr instabil."

„Wieso?", wollte Caspar wissen.

„Es versucht, alles zu verbessern. Das menschliche System ist nur aus dem Drang heraus entstanden, das scheinbar Gute zu forcieren. Aber das bringt alles aus dem Gleichgewicht. Medizin, Versicherung, Häuser, Supermärkte. Alles Erfindungen, um das ʻGuteʼ allmächtig zu machen. Auch alltägliche Konzepte wie das Üben sind nur existent, weil man fehlerfrei sein will. Bestmöglich. Alles Schlechte bekämpfen möchte. Und das muss das Schlechte wiederum ausgleichen, um die Balance zu bewahren. Das zeigt sich durch immer heftigere Naturkatastrophen, Seuchen, die gegen unsere Mittel resistent werden, psychische Krankheit trotz verbreitetem Wohlstand. Alles Ausgleichmaßnahmen der Wahrheit. Ohne dem perfekten Gleichgewicht kann kein System existieren."

„Ein weiterer Unterschied zur Natur ist, dass das menschliche System Fortschritt braucht, um seine Existenz zu bewahren. Es muss sich weiterentwickeln. Hier ausgleichen, da ausgleichen. All das ausgleichen, was man im Gegensatz zur Natur verändert hat. Da ein ideales System aber stagniert, ist es sehr schwer, Fortschritt zu erzielen, weil alle durch die Gegensätze kontrolliert werden. Das destabilisiert es ebenfalls."

„Stabilisiert wird es wiederum durch die Rollen. Jeder nimmt in einer Situation, sei es ein Gespräch oder das ganze Leben, automatisch eine gegensätzliche Rolle zu seinem Gegenüber an, um den Ausgleich zu gewährleisten. Das ist zwingend nötig und wohl ein Naturgesetz. Wäre der Fortschrittsgedanke nicht so fest in den Köpfen der Menschen verankert, ließe sich das System von Natur aus am Boden halten. Außerdem kann es sich nicht auf ewig weiterentwickeln. Irgendwann kommt der Zeitpunkt, an dem es am Ende steht. Die Entfremdung von der Natur ist der Ursprung aller in der heutigen Zeit existenten Ungleichgewichte. Die Natur wird immer bestehen, auch wenn alles andere zerstört wird. Auch da draußen, obwohl die UV-Strahlung alles vernichtet hat. Die Natur wird immer siegen. Irgendeine Form von Natur wird immer existieren. Unser System zerschmettert an dieser Katastrophe. Aber die Natur wird wiederkehren. Aus unseren Leichen werden Bäume wachsen. Neue, resistente Bäume. Ein neues Gleichgewicht."

„Ein neues Gleichgewicht. Nach uns. Der einzige Weg, ein System zu zerstören, ist ein neues zu erschaffen. Das alte System zu durchschauen und dann ein neues nach seinen Vorstellungen zu kreieren. Das ist der einzige Weg, um wahre Freiheit zu erlangen."

„Aber man muss das Gleichgewicht bewahren. Deshalb sind die Maschen auch luxuriös und doch bescheiden."

„Der Weg in die Desillusionierung ist ein harter. Aber die Belohnung ist Freiheit."

„Können wir uns überhaupt jemals komplett von Illusionen

befreien? Sie sind doch omnipräsent.“

„Nun, ein Absolutes ist nie möglich.“

„Du hast recht, ein Absolutes…“

„Wenn es noch so wünschenswert wäre – “

„Meinst Du, dass es tatsächlich wünschenswert wäre, Ludwig?“

„Nun, im Sinne der Freiheit, ja.“

„Aber wird das nicht ein bisschen eintönig?“

„Ich denke nicht. Die Wahrheit ist doch unglaublich schön und erleichternd.“

„Erleichternd? Also ich sehe sie eher als komplizierter und beschwerlicher als die Illusionen.“

„Deine subjektive Illusion der Wahrheit, Caspar. Die Wahrheit kann nicht beschwerlich sein, denn *beschwerlich* ist wertend. Und Wertung ist eine Illusion in unseren Köpfen. Es gibt nur zwei scheinbare Gegensätze, die sich bedingen, von denen keiner dem anderen vorzuziehen ist.“

„Dennoch ist es so. Meiner Rolle passt es besser, wenn sie illusioniert ist.“

„Du kannst deine Rolle verändern.“

„Aber ich möchte einfach wieder so leben wie vorher. Unbeschwert und in meinem eigenen Käfig. Ich bin kein Weber, ich ertrage die Wahrheit nicht.“

„Und das von unserem Aufdecker mit dem großen Drang nach Freiheit! Interessant.“

„Zehrt es denn gar nicht an dir, Ludwig?“

„Ich schätze, man weiß die Desillusionierung erst zu schätzen, wenn man in seiner Zeit der Illusionierung so einiges überlebt hat. Vorher versteht man nicht, welch ein Geschenk sie ist.“

„Wer weiß, vielleicht sehne ich sie irgendwann herbei. Doch

wie bereits gesagt wurde: Die Menschen sind nicht reif für die Wahrheit. Und zu jenen gehöre wohl auch ich."

„Du würdest also gerne zurückgehen und mit den Illusionen leben?"

„Charly hat es immerhin vermutlich auch getan, also kann es nicht so falsch sein."

„Sich an anderen zu orientieren, ist meist sehr dünnes Eis auf dem See der Wahrheit."

„Ich weiß ja auch nicht, Ludwig. Aber ich weiß auch nicht, ob ich das hier aushalte."

„Reiß dich zusammen, Caspar!"

Kurze Stille.

„Du kannst sehr wohl mit den Illusionen leben", fuhr Ludwig fort, „Du musst aber im Kopf bewahren, dass wahre, tiefe Erfüllung im Leben nie von Illusionen oder von außen kommen kann. Sie muss von selbst vom Selbst kommen – durch die Modifizierung der Rolle – und muss unabhängig sein. Dies ist die Vereinigung der beiden Absoluten auf einer höheren Ebene."

„Aber gibt es nicht ausschließlich Illusionen? Ist es nicht unmöglich, sich einen Sinn, beziehungsweise Erfüllung ohne Illusionen zu erschaffen?"

„Das mag sein. Doch man sollte sich selbst immer im Bilde behalten, dass man selbst der Drehbuchautor und Regisseur ist. Man kann sich ruhig der weltlichen Erfüllung hingeben. Die Reflexionen an der Oberfläche des Sees müssen Ablenkungen bleiben. Ablenkungen kann man nicht verhindern, sie sind immer da. Sie dürfen nur niemals zu Illusionen werden. Das ist der springende Punkt! Das Problem dabei ist nur, dass man die Illusionen nicht mehr als Illusionen wahr nimmt, wenn sie erst

Illusionen geworden sind. Deshalb gilt es, achtsam zu sein.“

„Du meinst also; wir können uns sowieso nie von Illusionen zur Gänze befreien, können sie aber stattdessen durchschauen?“

„So ist es. Wir können uns ihrer bewusst sein und so in schweren Momenten besser die Ruhe bewahren. Beziehungsweise, das Bild von einer höheren Ebene aus betrachten. Wir spielen unsere Rolle so natürlich mit Leidenschaft, aber wir verschmelzen nicht mit ihr. Auch können wir entscheiden, ob wir unsere Rolle nach Neigung spielen wollen, also – wie man sagt – ʽganz wir selbst seinʹ, ʽecht seinʹ, oder ob wir sie modifizieren wollen, um einen Zweck zu verfolgen.“

„Und unser Unterbewusstsein?   Welche Rolle spielt das eigentlich? Weiß es um die Illusionen Bescheid?“

„Möglich. Aber es ist im Grunde dafür da, uns in unsere Rolle zu zerren, uns tiefer in die Illusion zu drängen. Es stellt die Verbindung zwischen unserer Rolle und unserem puren Bewusstsein dar und hat die Aufgabe, sie zu verschmelzen. Es arbeitet für die Erhaltung des Systems.“

„Ich verstehe. Aber wenn alles dafürspricht, uns in die Illusion zu drängen, ist die Desillusionierung dann überhaupt gut?“

„Gut und schlecht ist selbst eine Illusion.“

„Aber schadet es uns nicht mehr, als es uns hilft, wenn wir uns befreien?“

„Schaden entsteht auch nur durch die persönliche Wertung.“

„Aber wenn ich persönlich es als Schaden empfinde, dann ist es nicht gut für mich!“

„Hängt alles von dir ab.“

„Ach, dann hängt es eben von mir ab und es ist meine Entscheidung, zurück in das Weltliche zu gehen, zufrieden?“

„Ich war es nie, der unzufrieden war."

„Was machen wir hier?", schnaubte Caspar demotiviert.

„Wir entschlüsseln das System.", antwortete Ludwig.

„Ja, aber ist denn das überhaupt relevant? Welchen Unterschied macht es, ob wir illusioniert sind oder nicht?"

„Wir haben viel mehr Macht über uns selbst und über das System, wenn wir es durchschauen."

„Und wofür?"

„Um etwas zu verändern. Um die Welt zu verändern. Um die Rolle zu sein, die wir immer sein wollten. Du darfst dich nie fragen, wer du werden willst. Du musst sagen, wer du bist!"

„Aber das kann ich auch so!"

„Nur halbherzig, mein Freund, nur halbherzig."

„Okay, gehen wir es so an: Wir sind also zwei Feuer. Feuer können auch zerstörerisch sein! Feuer können alles Leben ausradieren. Wälder mit all ihren Bewohnern und Systemen dem Erdboden gleich machen. Ganze Ökosysteme vernichten. Sie sind gefährlich!"

„Genauso ist es, Caspar. Du, als Feuer, bist sehr gefährlich und du *hast* auch ein ganzes Ökosystem vernichtet. Nämlich diesen Bunker."

„Oh ... ja."

„Aber man braucht das Feuer auch. Es bringt – durch die Überwindung der Gegensätze, das Oxymoron – den Fortschritt. Es hält warm, es treibt an, es ist die pure Energie. Es hat die Macht, dieses System noch eine Weile länger am Laufen zu halten, bevor jeglicher Fortschritt getätigt wurde und es unweigerlich zugrunde geht. Das Feuer kann das Überleben noch eine Weile verlängern."

„Aber ist es nicht auch für uns gefährlich, das Feuer als Rolle zu verwenden? Man soll nicht mit dem Feuer spielen!“

„Jemand musste mit dem Feuer spielen, um zu lernen, es zu kontrollieren.“

„Das fühlt sich so schlüssig an, Ludwig. Ist nicht doch alles vorherbestimmt? Alle Ereignisse, die uns in unserem Leben passiert sind, haben uns hierhergeführt, um dieses Gespräch zu führen. Es hat alles auf diesen einen Moment aufgebaut.“

„Aber woher willst du wissen, ob es nicht ebenso schlüssig gewesen wäre, hättest du einen anderen Weg gewählt?“

„Du hast recht.“

„Es gibt eben manche Dinge, gewisse Mechanismen, die man, wenn, dann erst nach dem Tod begreifen kann.“

„Nach dem Tod vielleicht, stimmt.“

„Wenn das Feuer zu Ende gebrannt hat – “

„ – und sich in die Luft verflüchtigt.“

Die beiden schwiegen sich eine Minute lang an und versanken in ihren Gedanken. Ein Getöse und ein lauter Schrei von draußen unterbrach sie.

„Wir müssen schön langsam darüber nachdenken, was wir nun am besten machen. Wie verfahren wir nun weiter? Da draußen herrscht das Chaos!“, bemerkte Caspar.

„Stimmt, wir müssen dieses Problem lösen.“, sagte Ludwig. Dann lächelte er und wiederholte: „Lösen.“

„Aber wie sollen wir uns davon lösen, Ludwig? Es ist unser Problem!“

„Es liegt doch auf der Hand. Die Menschen da draußen misstrauen *mir* zutiefst. Sie halten *mich* für einen Verbrecher, einen Lügner, einen Feind. Weil *du* ihnen alles erzählt hast, weil *du* sie scheinbar zur Wahrheit geführt hast. *Dir* vertrauen sie.“

„Moment, Ludwig ...“

„Die einzige Option wäre, dass du da hinausgehst und die Führung übernimmst. Du hast die Illusionen immerhin durchschaut und somit auch die Möglichkeit, eine Rolle zu spielen. Du musst diesen Tobenden die Illusion der Desillusionierung auferlegen und sie zur Ruhe bringen und sie danach so lange in Ruhe halten, bis die Rationen aufgebraucht sind und wir sowieso dem Tod in die Augen blicken müssen.“

„Ich weiß nicht – diese Rolle liegt mir nicht so wie dir. Ich bin kein Anführer.“

„Du musst es aber werden.“

„Warum?“

„Nein, verzeih. Du musst es nicht. Es liegt bei dir. Aber es ist die Rolle, die dieser Bunker braucht ... bräuchte, um weiter existieren zu können. Da du mich aus der Rolle verdrängt hast, wäre es nur logisch, wenn du sie annehmen würdest.“

„Nun gut ... das stimmt ja. Ich muss meine Rolle modifizieren. Ich muss jetzt tun, was nötig ist und nicht erst warten, bis es sich einfügt. Ich muss dieses Netz nun spinnen.“

„Du musst solange spinnen, bis das Garn ausgeht, bis der Strom zu Ende ist und die Glühbirnen sich verdunkeln müssen.“

„Das müssen sie nicht. Jedes Problem kann man lösen, Ludwig. Wir müssen die Natur nur wiederbeleben, schneller als sie es selbst tun würde. Glücklicherweise hatte ich in meinem Studium viel mit Botanik zu tun.“

„Das ist doch perfekt“, lachte Ludwig, „Hiermit ernenne ich dich offiziell zum neuen Vorsitzenden dieses Bunkers. Auf dass du unserer Menschheit das Überleben sicherst.“

„Danke Ludwig. Das werde ich.“

„Das ist also der Weg, den wir erschaffen konnten, weil Charly uns gelehrt hat, Wege zu erschaffen. Nun müssen wir ihn ge-“

In diesem Moment wurde die Tür mit einem riesigen Knall aufgetreten. Beide Gesprächspartner drehten ihren Kopf augenblicklich in Richtung der Eingangspforte. Ein Schreck durchfuhr sie bis in ihr tiefstes Inneres, die warme, gepolsterte Blase ihrer Sicherheit, die sich langsam aufgebaut hatte, platzte in einem einzigen, kurzen Moment.

Im Türrahmen stand ein Mann, schnaubend vor Wut und Erschöpfung. Sein glänzendes Gesicht drückte die pure Verzweiflung aus; seine Frisur war zerzaust und frei von jeglicher Ordnung. Er trug einen Anzug, sein weißes Hemd war bedeckt von einer Mischung aus Schweiß und Blut, während seine blaue Krawatte blutverschmiert beinahe violett wirkte. In der Hand hielt er einen Feuerlöscher, dessen Kanten abgestumpft und blutig waren.

„Ihr … Ihr habt mir alles genommen! Alles! Templ … elendiger Junkie … und Weber … Verräter des Volkes!", rief er nach Luft ringend.

Caspar ergriff die Initiative und sagte, so ruhig es ihm in dieser Situation noch möglich war: „Herr Maier, alles ist in Ordnung. Es tut mir schrecklich leid, was passiert ist, aber es wird sich wieder stabilisieren. Ich bin Ihr neuer Vorsitzender."

„Ha! Stabilisieren! Nichts! Mein … bester Freund ist tot … meine Frau und ihre Geliebte … Ha!"

Da durchfuhr es Caspar wie ein Blitz. Das Blut auf Maiers Anzug. Es hatte einen herzzerreißenden Ursprung.

„Sie … Sie Mörder!"

„Ha! Ich? Du! Du Mörder! Alles deine Schuld, elendiger Hund! Zerstörer dieser … dieser Welt!"

Ludwig murmelte: „Tausend Gefangene können es wittern."

„Weber! Du Verbrecher! Ich hasse dich! Ich hasse dich!", schrie der blutige Anzugträger.

„Herr Maier! Oft merken die Getriebenen selbst nicht, dass sie solche sind!", meinte Ludwig bestimmt, aber beruhigend.

„Ha!", meinte Maier und hielt kurz inne, doch dann brach es erneut aus ihm heraus: „Ihr beiden … habt mir alles genommen! Alles!"

Er lief auf Caspar zu, schlug ihn mit dem Feuerlöscher ins Gesicht und begann daraufhin, ihn zu würgen. Ludwig lief auf ihn zu, um zu helfen; es war ein Moment der puren Panik. Kurz konnte er nachvollziehen, wie sich diese machtlose Lähmung anfühlte. Doch er überwand sie, um dem bereits kraftlos Niedergehenden zu Hilfe zu eilen. Jegliche Energie mobilisierend riss er Maier zur Seite und schmetterte ihn gegen die Wand. Dieser wurde dadurch bloß noch aggressiver, griff nach dem Feuerlöscher und schlug ihn Ludwig mit voller Wucht auf die Schädeldecke.

Ludwigs Sichtfeld wurde verschwommen, er begann, zu Boden zu sinken, während Caspar seinen letzten Atemzug tätigte. Ein Tunnelblick stellte sich ein, schwere Übelkeit und ein gleichzeitiges Gefühl der Schwere und der Leichtigkeit. Ludwig sah die in den Raum geöffnete Tür, während er zu Boden sank. Da vernahm er schon ganz benommen die Worte auf dem Türschild des Zimmers, in dem er sich seit Stunden aufgehalten hatte:

*AYMAN **KARLO** **IVESA***

Die gesamte Geschichte erschien plötzlich in einem ganz neuen Licht. Und dieses Licht ging Ludwig Weber auf.

Er murmelte: „Und ich dachte, er dreht sich – "

In der Peripherie seines immer kleiner werdenden Sichtfeldes sah er den tobenden Systemmenschen auf Caspar einschlagen, obwohl dessen System schon längst aus dem Gleichgewicht gebracht worden war, und wurde selbst immer gleichgültiger, abgeschirmter und distanzierter. Das Getöse wurde leiser und leiser und leiser.

Und das Feuer erlosch.